鬼同心と不滅の剣
鬼瓦死す

藤堂房良

コスミック・時代文庫

この作品はコスミック文庫のために書下ろされました。

目次

第一章　岡っ引き殺し

一

「権多郎《ごんたろう》……」

　岡っ引きの吉治郎《きちじろう》がいって息をのんだ。

　定町廻《じょうまちまわ》り同心雁木百合郎《かりきゆりろう》も、屍体が岡っ引きの権多郎であることはすぐに気づいた。

　権多郎の屍体は、ひとの腰あたりまで伸びた茅《かや》に頭が隠れるようにして横たわっていた。あたりは、下手人《げしゆにん》のものだろうか、踏み荒らした跡があったが、葉を踏んでいるだけで草履《ぞうり》や下駄《げた》の跡などは残っていなかった。

　六月（旧暦・ちなみにこの年の六月一日は新暦の七月十七日にあたる）のことで、屍体のまわりには無数の蠅《はえ》が飛び交っている。

屍体は腹を幾度も抉《えぐ》られて小袖《こそで》もぼろぼろになり、臓腑《はらわた》まで露《あら》わになっていた。あたりには悪臭が漂っている。

凶器は匕首《あいくち》か脇差、あるいは柳刃包丁《やなぎばぼうちょう》のようなもので、百合郎のみるところ、少なくとも十数度は刺されている。

権多郎とはたびたび顔をあわせたが気難しい男で、頭をちょこっとさげることはあるものの、まともな挨拶《あいさつ》をされた憶えはない。実年齢はわからない。が、四十代後半から五十代前半といったところだろう。肩幅は広いが猫背ぎみで、ややうつむきかげんで歩いている姿を百合郎は憶えている。

薄くなりかけた髪にはわずかに白髪が混じっている。ぎょろっとした目は、死んでもその狡猾《こうかつ》さを隠しきれていなかった。

柴田《しばた》玄庵《げんあん》が縞《しま》の単衣《ひとえ》の懐《ふところ》を探った。

革の財布はぼろぼろに傷ついてはいたがそのまま残っていて、二両と三分、小銭が少々入っていた。財布には書きつけのようなものも三枚ほどみえたが、刃物傷で切り裂かれたうえに血で染まり、なにが書いてあるのか読み取ることはできなかった。

下手人が投げこんだのか、それとも落ちたものか、十手《じって》は川底からみつかっている。

背中にも深い刺し傷があった。

「おそらく背中のこれが最初の傷だろうな」

柴田玄庵がいった。玄庵は、蟷螂《かまきり》のように痩《や》せ細った五十代半ばの男で、南町奉行所と屍体の検視の申し合わせを結んでいる蘭方医《らんぽうい》だ。

薄くなった半白の総髪を後頭部で結び、盆《ぼん》の窪《くぼ》のあたりまでたらしている。人当たりはよいが、時折辛辣《しんらつ》なことをいって百合郎をたじろがせたりする。

「正面から腹を刺されれば、次の攻撃を防ごうとした傷が腕にできるのだが、この屍体にはそれがない。手はきれいなものだ」

といい、うしろから音も立てずに近づいてきて体をあずけ、背中をどんと刺し、振り向いたところ、腹を刺す。たおれたところを馬乗りになって滅多刺《めったざ》しにした……そんなところであろうかな、といった。

「はっきりとはいえぬが、最初に背中を刺されたのは橋の上かもしれぬ」

屍体が転がっていた場所は、築地川《つきじがわ》に架かる万年橋《まんねんばし》の西の橋脚脇で、玄庵によると、殺されてから四刻（約八時間）から五刻（約十時間）たっているとのことだった。

屍体をみつけたのは朝顔の苗売りで、万年橋のたもとで一服しているとき、橋脚の根元に何気なく目をやった。

「あれはひとじゃねえかと……そこに転がっておりまして……朝っぱらから妙なものをみたら験《げん》が悪うございましょう。これから稼ぐってときに……いえ、大した稼ぎにはならねえのでございますけどね」

屍体かどうかもたしかめず、とおりすがりの自身番に報《しら》せておいたのだという。

腹の傷はいわずもがなだが、背中のひと刺しは、五寸（約十五センチ）あまりの深さがあった。

「躊躇《ためら》い傷がありませんね」

「殺すことに躊躇いがなければ躊躇い傷はできぬからな。それにしてもこの遣《や》り口はひどいな。この遺体によほどの怨《うら》みを抱いていたか、もしも怨みでなければ……」

「怨みでなければ」

百合郎がいった。

「なんとも厭《いや》な屍体だ。殺しを芯から愉《たの》しんでいる奴が江戸にいるかもしれぬ。早くそいつをあげないと、これからもこのような無惨な殺しがつづくことになるかもしれぬ」

「まったく、暑くなるととんでもねえ輩《やから》が出現しやがる」

いった百合郎が首のあたりをぼりぼり掻いた。蚊《か》に刺されたのだ。

「動くな、なにも触るんじゃねえぞ」

万年橋の上から怒鳴る声が聞こえた。

南町奉行所定町廻り同心の由良昌之助《ゆらまさのすけ》が、欄干《らんかん》に両手をつき、身をのりだすようにしている。だがその目は、あきらかに百合郎を睨《にら》んでいた。

由良は体のがっちりした蟹股《がにまた》の男だが細面《ほそおもて》で、みようによっては二枚目だともいえる。そのためか、商売女にはよくもてるようで、浮いた噂《うわさ》と酒のうえでの失敗談にはこと欠かない。影の薄い幽霊のような女房と、あまりできがいいとはいえない三人の娘がいる。とくに長女は、男とみれば色目を遣《つか》うような女で、いま十五だがいつ孕《はら》んでもおかしくない。

「動くなよ」

ふたたび大声で念を押し、橋のたもとにまわると土手を滑りおりてきた。朝だというのに、額はおろか、襟首《えりくび》まで汗にまみれていた。

二人の若い岡っ引き見習いもあとにつづいて土手をおりてきた。

柳のような痩せ細った体つきの背の高い男は三太《さんた》といい、二枚目といえなくもない。

もう一人は眉が薄く小太りで、いかにもおれは頭が悪いという顔つきをしている。たしか、作造《さくぞう》とかいったはずだ。

「権多郎……」

屍体をみた由良が、やや芝居がかったようすで叫び、片膝を突いて権多郎の手をつかんだ。冷たかったのか、硬くなっていたので驚いたのか、はっとしてはなした。

「だれにやられたのだ」

由良が、玄庵をみていった。

「屍体をみただけで下手人がわかれば、あんたらは飯の喰いあげだろう」

玄庵は辛辣な口を利くうえに皮肉屋でもある。

由良はむっとし、なにかをいいかけたが、考え直したようで口を噤《つぐ》んだ。

もう三年ほどまえのことになるし、どのような経緯《いきさつ》だったのか百合郎は忘れてしまったが、由良が玄庵に突っかかり、こっぴどくやられたことがあった。それ以来、由良は玄庵を苦手にしている。

「雁木、てめえがなんでここにいるんだ」

怒りの鋒先《ほこさき》が百合郎に向けられた。

「奉行所に知らせが入ったので、駆けつけたまでのことですが」

「権多郎はおれつきの岡っ引きだ。てめえは引っこんでろ」

「それは聞き捨てなりませんなあ」

「なんだと……」

「遅くきた者が、早くきた者を怒鳴り散らすとはどういう了見か伺《うかが》いてえっていってんですよ」

「きさま……奉行所の先輩に向かってその口の利きようはなんだ」

「後輩の手本になるのが先輩だと思ってたが、また深酒か。ぷんぷんにおうぞ」

百合郎の言葉が荒っぽくなった。こういうところが、同僚から『一直線莫迦《ばか》』と陰口を叩かれるゆえんだ。

「きさま……」

由良が刀の柄《つか》に手をかけた。大粒の汗が顔中から噴きだした。

百合郎も左足を軽く引き、腰を落とした。いつでも遣ってやる、という目つきをしている。

「まあまあ……」

吉治郎が百合郎のまえにまわり、突っかかろうとするのを押しとどめた。

百合郎と遣りあっても勝ち目はない、と悟ったのか、由良も刀の柄から手をはなし、袖口で額の汗を拭《ぬぐ》った。吉治郎がとめてくれて安堵《あんど》したようだ。

「この一件はおれが仕切る。わかったな雁木百合郎、口出し無用ぞ」

いって玄庵に目を向け、

「屍体から、なにか、わかったのか」

と、詰問《きつもん》するようにいった。

「わかったことは雁木同心に話してある。おなじことを二度繰り返すつもりはない。無駄だからな」

玄庵は堀の水で手を洗ってから立ちあがり、

「あとは大番屋での検視まで待て」

といい、待たせてあった駕籠《かご》で南茅場町《みなみかやばちょう》の大番屋へ向かった。

由良が百合郎になにも尋《たず》ねないことは、百合郎にも玄庵にもわかっている。由良は、だれかにものを聞くことが大嫌いなのだ。

大番屋の検視では屍体が裸に剝《む》かれ、足の爪から尻の穴、傷、口の中、頭の天辺《てっぺん》までくまなく天眼鏡で調べられる。たとえば下手人の体のどこかを引っ掻いた皮膚が爪のあいだに残っていることもある。また殺される直前に目合《まぐわ》っていれば、女が下手人だということも考えられる。下手人に辿《たど》り着く手掛かりなら、どんな些細《ささい》なことでも玄庵は見逃さない。

「運んでいいですか」

奉行所の中間《ちゅうげん》が由良に尋ねた。

「運んでいいときはおれがそういう。それまで黙って待ってろ」

由良は中間を恫喝《どうかつ》したあと百合郎に向かい、

「さっさと消え失せろ」

と、また怒鳴った。

百合郎に後《おく》れを取ったおのれにも腹を立てているのだろうが、そうでなくとも、あたりかまわず怒鳴り散らすのは由良昌之助の得意とするところだ。

三太は渋い顔をしているが、腰巾着《こしぎんちゃく》の作造は由良を真似、吉治郎と江依太《えいた》を睨んでいる。

「江依太、口出ししたら、てめえのその顔を簾《すだれ》に刻んでやるからな」

三太が取ってつけたように毒づいた。

江依太の顔をみるといつも突っかかってみせるのは三太だ。

作造は由良に似て、怨みをうちに秘めているような顔をしている。

江依太も軽くいなしておけばいいものを、からかいたくなるなにかが相手にあるのか、おちょくるような言葉を返すので、ますます険悪になる。

いつだったか、江依太が百合郎に向かい、笑いながら、

「三太は莫迦だけど、どこかおいらとの遣り取りを楽しんでいる節もあるんですよ。あいつは案外いい岡っ引きになるかもしれませんね」

といったことがある。

そのとき百合郎は、そんなことがあったら天と地がひっくり返る、といって笑ったのを憶えていた。

「下手人を教えてくれっておめえが泣きついてきても、口は噤んだままにしておけばいいんだろう、三太」

またも江依太が遣り返した。

三太はむっとした顔をして江依太に殴りかかろうとしたが、江依太はすぐ百合郎の背後に身を隠した。

江依太の父、井深三左衛門《いぶかさんざえもん》が、

「これからの世は、剣術なぞなんの役にも立たぬ」

と考え、学問はみっちり仕込まれたらしいが、喧嘩《けんか》や剣術の手ほどきは受けていない。そのため、江依太にも三太と取っ組み合いをするつもりはない。

百合郎の鬼瓦面《おにがわらづら》が三太を睨みつけると、三太は怯《ひる》み、顔を背けた。端《はな》っから江依太をどうこうしようという意志が三太にないのはわかっている。

二

吉治郎と江依太を促して百合郎は土手をのぼり、万年橋のたもとをみて歩いた。

由良とのひと悶着《もんちゃく》はなかったかのように、まったく引きずってはいない。いいあいなどでは頭にかっと血が昇りやすい質《たち》だが、しばらくすると、なにごともなかったように冷静になれるのが雁木百合郎だった。

橋の両たもとには弥次馬が群がり、奉行所の中間が押しとどめている。

なかには、みせろ、といって喰ってかかる弥次馬もいて、対応に声を荒らげている中間もいた。

西のたもとの左側にこんもりした林がみえている。そこは采女《うねめ》が原明地《はらあけち》と呼ばれる火除《ひよ》け地で、脇に馬場も作られている。

ほかは四方が武家屋敷の塀に棒《かこ》まれていて、殺されたのが深夜ならなおのこと、殺しをみた者がいるとは思えなかった。

橋板には血溜まりがあったし、欄干にも血がついていた。だが腹を滅多刺しにされたあとの血溜まりにしては血の量が少なすぎた。

「ここで滅多刺しにしてから橋脚の脇に放り投げたのではなさそうだな」

万年橋に立った百合郎が腕を組み、橋下を覗《のぞ》きこんだ。

ここから突き落とせば、ちょうど権多郎がたおれているあたりに落ちる。

由良が立ちあがり、屍体の周囲に目を配りながら歩きまわっていた。

「それじゃあ……殺したあと屍体を投げこみ、わざわざ土手下の草藪《くさやぶ》におりて腹を滅多刺しにした……旦那《だんな》はそうお考えなのですかい」

橋の下を覗きこみながら、岡っ引きの吉治郎がいった。

吉治郎はもともと百合郎の父、彦兵衛《ひこべえ》から手札をもらっていたのだが、六年まえ彦兵衛が隠居したあとは百合郎についている。

歳は四十五で、武家奉公している一人娘がいるが、女房は病で亡くしていた。

小柄できびきびして頭もよく、下っ引きたちの信頼も厚い。だが近ごろは、

「どうも膝の具合が……」

小半刻も正座していると、立ちあがるのに難儀するという。

「考えたのではなく、現場がしゃべりかけてくる、それだけのことだ。おめえも知ってのとおり、おれは一直線莫迦で考えるのは苦手だからな」

百合郎が真面目な顔でいった。

百合郎は一本気で向こうみず。情には脆《もろ》いが、複雑に絡《から》んだ糸を解きほぐすのはあまり得意ではない。だが現場の声は聞こえてくるという。

「おめえはどう思う、江依太」

屈《かが》みこんで血溜まりをみていた江依太に、百合郎が声をかけた。

江依太にはめずらしく、周囲に目を配っているだけでほとんど口を利いていなかった。

「どうも……」

江依太がいいかけたとき、

「運んでいいぞ」

由良の野太い声が聞こえた。

戸板にのせられ、筵《むしろ》がかぶせられた権多郎の屍体は、奉行所の中間六人で支えられて川下へ運ばれていった。川下の二ノ橋《にのはし》脇には石段があり、そこから川沿いの通りにあがれるのだ。

三太と作造は屍体についていったが、由良は運ばれる屍体を見送ることもなく土手を這いあがってきた。

百合郎の姿をみて忌々《いまいま》しそうな顔をし、

「まだぐずぐずしてやがったのか。探索の邪魔だ、失せろ」

と、怒鳴った。

しばらく由良に目をやっていた百合郎だが、軽く頭を振ると、吉治郎と江依太を促して万年橋を西にわたっていった。

生き人形と鬼瓦を目のあたりにしたからだろうか、集まっていた弥次馬が驚いた顔をし、ざわめきに包まれながら脇にどいた。

「江依太、どうも、なんだ。さっき、どうも、といいかけただろう」

歩きながら百合郎が聞いた。

「ただの勘働きなのですが、怨みでも楽しみに殺したのでもねえような……屍体から不気味なものが立ちのぼってくるのをみたような」

百合郎たちは、肥後熊本藩《ひごくまもとはん》五十四万石の拝領屋敷と采女が原のあいだの通りを右へ曲がり、南町奉行所へ向かった。

「みたかい、いまの若い岡っ引きと同心」

弥次馬が百合郎たちのうしろ姿を見送り、感心したり、驚いたりしながらいった。

「ああ、まるで生き人形と鬼瓦みてえじゃねえか」

「あの役人、雁木百合郎って名だがな、鬼瓦みてえな百合郎を縮めて『鬼百合』とも呼ばれてるらしいぜ」

「鬼百合ねえ……いいえて妙って奴だな」

その話を聞きながら、百合郎たちのうしろ姿を目で追っていた三十代半ばの男がいた。ひょろっとしているが骨太の二枚目だった。だが、どことなく不気味な雰囲気があった。原因はその目で、死人のように表情がなかった。下り蠟燭《ろうそく》を扱う問屋『立花屋《たちばなや》』の主人で名を安右衛門《やすえもん》といった。

「生き人形か……」

と独りごちた。

あれをなぶり殺しにすれば、なんらかの感情が動くかもしれない、と考えたのだ。

美しいものを壊すのが感情にどのような働きをするのかは、やってみなければわからない。が、やってみる価値はありそうだ。しかし、生き人形を手に入れるとなると、

「あの鬼瓦は邪魔だ……なあ」

ぶつぶつ独りごとを呟《つぶや》きながら弥次馬に混じって立ち去った。

三

筆頭同心の川添孫左衛門《かわぞえまござえもん》はしばらく考えたあと、

「権多郎が惨殺されたとあっては……憤《いきどお》りで目が曇るのではないか、由良」

と、由良昌之助に向かっていった。

川添と由良、それに百合郎は、同心詰所のとなり、筆頭同心の用部屋にいた。

「それがしにかぎって、目が曇るなどと、そんなことはありえません」

由良が、酒焼けした赤い顔を更に赤くして叫んだ。川添に侮辱《ぶじよく》されたと思ったようだ。

「たしかに、下手人に対しては憤っておりますが、それを探索に持ちこむほど青くはありませんので」

「うむ……」

といって川添はしばらく考えこみ、ひとつ溜息をついた。

「ここはひとつ、雁木を補佐役につけてはどうかと思うのだが、どうじゃ」

「補佐役など邪魔なだけです」

「雁木はどう思う」

「由良さまが一人で遣りたいとおっしゃっておられるのですから、一人でおやりになればよろしいのではありませんか」

「うむ……ちょっと外してくれるか」

「は……」

百合郎は立ちあがり、筆頭同心用部屋を出た。

川添がどういう手を使って由良を説得するつもりなのかはわからない。だが、どうあっても、

——おれを補佐役につけると決めているようだ——。

と思えてならなかった。

二人を争わせ、隠居まえの退屈しのぎをしようとしているのではないか、とも考えたがすぐ考え直した。川添はそういう人物ではない。

となると、やはり、由良昌之助が突っ走るのをとめさせようとの魂胆《こんたん》か。

百合郎が用部屋を出ていったのをたしかめた川添は、由良に向き直って膝を進め、

「なあ由良、雁木を補佐役につけておけば、おぬしの縮尻《しくじり》をあいつのせいにできると思わぬか。いや、おぬしが縮尻るとは思わぬが、万にひとつのためだ」

といった。からかっているわけではなさそうな表情をしていた。

たしかにそれも悪くない、と由良は考えた。

このところ、酒の上での縮尻で、奉行の筒井伊賀守政憲《つついいがのかみまさのり》の覚えもめでたくないし、筆頭同心の川添も苦々しく思っているのはまちがいない。その川添が、縮尻ったら雁木のせいにできると提案するからには、なんらかの裏があるはずだ。簡単にのっかるわけにはいかないが、雁木の補佐役を断り、万にひとつ、権多郎殺しの下手人をあげられないとなれば、定町廻り同心からの異動は覚悟しなければならない。

そうなると朝から晩まで机に縛りつけられる。そんな書類仕事など真っ平だった。

そのうえ由良は、口では強がりをいっているが、権多郎殺しの下手人を捕縛する自信は揺らいでいた。

万年橋ではなんの手掛かりもみつけることができなかったし、この二、三年、大きな事件に関わらせてもらっていないのも、奉行や筆頭同心の信頼を損なっているからではないか、という不安に結びついていた。あれほど大騒ぎになった「牙貸《きばか》し」の一件にも指一本絡ませてもらっていなかった。

そこへいくと、雁木百合郎はいま売りだし中で、牙貸しと砺波屋《となみや》の主人殺しを一人で解決している。

由良昌之助一人ではとうてい権多郎殺しの下手人をあげることはできないだろう、と考えた川添が補佐役を雁木に与え、下手人をあげさせようとしているのではないか。それならそれでいい。補佐役につけておけば、雁木の手柄を横取りできる、と由良は踏んだ。

「そこまでおっしゃっていただけるのでしたら、川添さまの助言を無視するのも礼を失するというものでしょうから」

「わかってくれたか」

「うけたまわりました」

「うむ」

川添はにこやかな顔で軽くうなずいた。

川添をみながら由良は、雁木の補佐役を受け入れたのはまちがいではなかったか、という不安が頭をもたげてきた。

川添は策略家で、なにを考えているのかわからないところがある。

下手人を取り逃がしたという汚点を残したまま隠居したくはない、と思っているだけならいいのだが、と川添のにこやかな顔をみながら由良昌之助は不安を打ち消せずにいた。

川添は策略など企ててはいなかった。筒井奉行から、

「いまの由良昌之助では、権多郎殺しの下手人をあげるのは難しいのではないか。かといって、由良を外すとなれば『おれつきの岡っ引きが殺されたのですぞ』と猛反発を喰らうのは目にみえておるでな」

と打診されたのだ。

由良も若いときにはやる気をみせ、事件を解決したことも少なからずあったのだが、酒色に溺《おぼ》れるようになったころから、やる気を失い、墜《お》ちていった。

原因はわからないが、妻とのあいだになにかあったのではないか、と川添は考えている。

異動させようという話もあったが、受け入れる処がなかった。そのため、ずるずるとここまできてしまっていた。

「岡っ引き殺しの下手人を早急にあげるように。よいな、川添」

奉行に命じられて川添が捻出《ねんしゅつ》した案が、雁木百合郎を補佐役につけることだった。

百合郎と由良が犬猿の仲だということは百も承知していたが、由良と仲のいい者など奉行所にはいない。それなら、由良のいうなりになる振りをして働かない者より、反発する雁木百合郎のほうがうまくいくのではないか、と考えたのだ。

少なくとも、一直線莫迦の雁木なら、手を抜くようなことはしない。

そこが策略といえばいえなくもなかった。

百合郎は、吉治郎と江依太、ご用箱を背負った奉行所の中間を連れ、町廻りに出ていた。

奉行所に戻ってくると、川添に呼ばれ、

「補佐役としてつくことを由良昌之助が承知してくれた、うまくやってくれ。定町廻りはこの件が片づくまで臨時廻りのだれかに頼んでおく」

と、いいわたされた。

「どのように説得なされたのでございますか」

「なに、簡単なことじゃよ。由良の縮尻をおぬしにおっかぶせればいい、といったら、のってきた」

川添は顔色ひとつ変えずにいった。冗談なのか本気なのか計りようがない。

「由良さまが縮尻らないように見張っておれ、ということでございますか」

「同心は岡っ引きを使ってはならぬ、ということになっておるが、それは立前で、岡っ引きは奉行所の手先だと世間は承知しておる。その岡っ引きが惨殺されたのだ。早急に下手人をあげなければ、奉行所の威信は失墜する。お奉行はそれを案じておられる。二人で協力しあい、一刻も早く下手人をあげろ、ということだ」

川添の肚《はら》のなかにはなにかありそうな気もしたが、そんなことを気にしていても仕方がない。

玄庵が、

「殺しを愉しんでいる者が江戸にいるかもしれぬ」

と呟いたひとことが頭の隅に引っかかっていた百合郎は、おのれに課せられた使命は、一刻も早く下手人をあげること、それだけだ、ほかはどうでもいい、と考えた。

百合郎は両手をつき、筆頭同心用部屋を辞した。


同心詰所を覗いたが、由良の姿はなかった。というより、すでにみな退所したようで詰所にはだれもいなかった。

由良と顔をあわせさえしなければ、きょうのところはそれでいい。百合郎は気分よく退所届けを提出した。

右脇門をくぐると、大番所のまえに由良昌之助が立っているのがみえた。苦虫を嚙み潰《つぶ》したような顔をして百合郎を睨んでいる。

「川添さまに話を聞いたか」

百合郎が近くにゆくと、どすの利いた声でいった。

「ええ、伺いました」

「では、おまえはおれの補佐役だとわかってるな」

百合郎は、あんたのお守《も》りなど真っ平だと内心思ったが、そんなことが口にできるわけもなく、

「はい、承知しております」

というしかなかった。

「では明日からおれとは別々に行動し、その日に聞きこんだことや気づいたこと、吉治郎の推測などもすべて、夕刻、奉行所でひとつ残らず報告しろ。よいな、隠しごとはいっさい許さん。おれが主役だ」

「由良さまが手に入れられた情報《ねた》も、つぶさに教えていただけるのでしょうね」

「おれのいったことが聞こえなかったのか。おれが主役だといいわたしたはずだぞ。主役が、補佐役のおまえに教える義理はない」

百合郎はむかっ腹が立って、押し黙った。

由良は怒鳴った。

「わかったのか、補佐役の雁木」

百合郎は怒りを静めるためにしばらく地面をみつめ、深く息を吸って吐いた。

由良の足が、苛《いら》ついたようにがりっと玉砂利を咬《か》むのがみえた。

「わからねえな」

といいたい衝動に駆られたが、ここで由良と喧嘩してもはじまらない。由良がいくら盆暗《ぼんくら》でも、つかんだことのすべてを百合郎が話さないことなど、百も承知のはずだ。が、待てよ、

――ここで、わかりました、といえば、おれが本気ですべて話す――。

と考えているのか。

もしもそう考えているのなら、こいつは本当の間抜けだ。そう思ったら、ふっと体の力と憤りが消えていった。

由良の顔をみた。

赤くなってやや震えている。

「承知しました、由良さまの、いえ主役の仰《おお》せに従います」

「よし、では蘭方医の玄庵がいっていたことを話せ」

そんなことは明日の朝出仕したあと、玄庵が書いた「見分書」に目をとおせばすべて書き記してあるはずだが、百合郎がどれほど忠誠心をみせるのかを試したいのだろう。

いや、本気で聞きたいのか。一直線莫迦の雁木百合郎には、由良の複雑な感情

を読み取るのはかなり難しい。

百合郎は玄庵から聞いたことをすべて話した。

屍体をみつけた朝顔の苗売りの話もしておいた。

「この殺しが怨みではないとしたら、殺しを愉しんでいる奴が江戸にいるかもしれぬ、ともいっておられました」

「怨みじゃねえとしたら、だれがなんのためにあんな殺しをするんだ。殺す愉しみだと、笑わせるな。怨みに決まってるじゃねえか。玄庵の間抜けめ」

玄庵を間抜けと決めつけて由良は満足したのか、顔の赤味が引き、うなずいた。

「うむ、では明日の夕刻にここでな、補佐役」

といい、南茅場町の大番屋から戻っていた三太と作造を連れて去っていった。

三太が振り向いてみている。なにかいいたそうにも思えるが、なにがいいたいのか、その表情からは読み取れなかった。

なにが、あるいはだれが由良さまをあのような人物にしてしまったのだろうか。百合郎が本勤並みになったころは、もっとしっかりした定町廻り同心で、百合郎もけっこう厳しくしごかれたものだったのだが。

なんだか気の毒なおひとだと考えながら百合郎は、由良のうしろ姿を見送っていた。

「この度の一件を探索するというのはよろしいのですが、まさか由良さまの補佐役につくというのは……作造の野郎が自慢たらたら話してましたが、ほんとうのことでございますか」

大番所から出てきた吉治郎が憤懣《ふんまん》やるかたないという顔をしていった。目は、数寄屋橋《すきやばし》をわたっていく由良昌之助を睨みつけている。作造がこちらをみて嘲笑《あざわら》っている。

「川添さまに命じられた」

「だれの補佐だとか、だれかに手柄を横取りされるとか、いまはそんなことをいってる場合じゃねえですよ」

江依太も憤っている。

「わかってる」

「妙な胸騒ぎがするんですよ。次の犠牲者はおいらではないか、あるいは……」

「おれか」

吉治郎がいった。笑ってはいないが、軽く受け流している。

「万にひとつ、岡っ引きだけを狙った殺しだとすれば、考えられねえ話じゃありませんからね」

「下手人はおれら岡っ引きに怨みを持っている奴だというのか、江依太」

「わかりません。ですが、胸騒ぎがして落ち着かねえんです」

いままでも無惨な屍体を幾度かみた江依太だが、権多郎の屍体をみたあとのような、妙な胸騒ぎなど起こらなかった。

「権多郎の住まいを知ってるか、吉治郎」

「へい、知っておりやすぜ」

「夜中まで働かせて悪いがな、帰りに住まいをちょいと漁《あさ》ってみてくれねえか。明日の朝、由良が探索にゆくだろうから、探った跡を残さねえようにな」

「承知しやした。では早速……」

吉治郎は江依太に声を掛けることもなく、足早に数寄屋橋をわたっていった。

「おいらを認めてねえみてえですね、吉治郎親分」

「岡っ引き見習いとはいえ、おれの甥《おい》っ子だ。夜中まで走りまわらせるわけにはいかぬと考えたのだろうよ。もしかすると……」

「おいらが女だということを気づかれているとか」

「いや、そうは思えねえ。権多郎が裏者とつながっていた証《あかし》でもつかめば吉治郎のことだ、きっと今夜中にそいつにも会いにゆく。こういっちゃなんだが、そうなると、若《わけ》えおめえは足手まといだ。吉治郎もそう考えたにちげえねえぜ」

「早く歳を取りてえもんだ」

歩きはじめた百合郎についていきながら江依太が呟いた。

百合郎は数寄屋橋御門に詰める三人の番士に挨拶して数寄屋橋をわたりはじめた。

数寄屋橋御門は慶長《けいちょう》のころに造られたというが、そのころはまだお堀がなく、門の内外は地続きであったらしい。

いまは、鉄砲五挺、弓三張、長柄《ながえ》五筋、持筒二挺、持弓一組が配備され、一万石以下五千石以上の寄合旗本の三ヶ年勤務が命じられている。

「おまえ、嫁にはゆかないつもりか」

江依太が黙りこんだ。

「父上の消息がはっきりするまでは、そんな気にはなれませんよ」

江依太、いやお江依の父井深三左衛門は、春の嵐のすぎた暁方《あけがた》、だれとも知れぬ賊《ぞく》に襲われ、行方不明となっているのだ。生きているのか、死んでいるのか、それさえわからない。

「岡っ引き見習いをやめたいのなら、かまわねえぞ」

「やめたいわけじゃありませんけど、みんなから味噌っ滓《かす》扱いされているようで、おもしろくねえのです」

江依太は小柄でそのうえ生き人形のような顔をしている。十八歳だが、ぱっとみ、十五歳くらいにみえる。これが侮《あなど》られる原因にもなっているのだが、また一方で、生き人形のような美しい面立《おもだ》ちを畏怖《いふ》の念をもってみる者も少なくない。

江依太はそれも気に入らないようだ。

江依太の勘働きの鋭さは百合郎も認めているし、大いに助けられてもいるが、そこに注目する者はいない。おのれの頭のよさを喧伝《けんでん》するような江依太でもないし、百合郎が江依太を褒《ほ》めそやしてもだれも信用しないこともある。

「くそ……」

珍しく江依太が毒づいた。

四

そのころ立花屋安右衛門は、店に出入りの葬式屋、善七《ぜんしち》を店に呼んで話をしていた。

善七は五十代。陽に焼けた頑丈そうな男で、眉が太く、細長い冷たそうな目をしている。だが立花屋からの信頼は厚く、というより、立花屋に操《あやつ》られるような形で少々悪い相談も引き受けていた。

善七は、立花屋を、得体の知れない蛇《へび》のような人物だと思っていた。

どことなく目つきがおかしく、なにを考えているかわからないような、冷たく表情のない顔をしている。

あるとき善七は、

「このお方は、能面より表情がない」

と気づいた。能面は役者によって命を吹きこまれ、その都度、凄《すさ》まじい表情をみせるものだ。

無表情の顔で、覗きこむようにじっとみられると、背筋が凍るようだった。

「早くはなれなければ喰い殺されてしまうぞ」

と、心の声は叫びつづけているのだが、呼びだしがくると、断りきれない。

「顔が広いおまえさんのことだ、腕の立つ浪人の知りあいも多いのではないか、と思ってきてもらったのだ」

きょうも、心を置き忘れてきたような蛇の目で覗きこまれた。

善七の背中を冷たい汗が流れ落ち、胃の腑《ふ》までとどいて凍った。

「何人かは知っておりますが、それがなにか」

「そのなかに、金を積めば奉行所役人でも始末してくれそうな、豪胆で腕の立つ者はいるかね」

「まさか、奉行所役人を殺そうと……」

奉行所役人を殺せば、奉行所は全力をあげて下手人探しをする。みつかれば、有無《うむ》をいわさず獄門首《ごくもんくび》だ。いくら金のためとはいえ、奉行所役人を殺そうとする者がいるとは思えなかった。

「おまえはなにも考えなくてもいいから、そういう浪人を探しだしておくれ。捜してくれたらおまえに五十両、奉行所役人を始末してくれた浪人には百両を払おうではないか。いや、そうだな、浪人が二人か三人となると、二百両までならだしてもかまわない」

「えっ……」

五十両といえば、善七の稼ぎのおおよそ三年分に相当する。

「あたってみてくれるかね」

やや考えた善七は、

「やってみましょう」

と請けあった。

葬式を取り仕切る葬式屋を使うのは裕福な者にかぎられているため、知りあいになるのも金持ちが多い。貧しい町人は、家族や親族が死んでもおのれたちで葬式をすませてしまうため、そのような貧しい浪人に知りあいはいなかったが、腕の立つ浪人とのあいだの仲立ちをしてくれそうな人物に心あたりがあった。

葬式屋などという商いをやっていると、それこそ、裏者から豪商、妓楼主《ぎろうしゅ》、さまざまな者たちと知りあうのだ。

報酬が五十両ともなれば、多少の危険は仕方がない。

善七が頼ったのは、名のある香具師《やし》の元締めで、先代の葬式を取り仕切ったことで昵懇《じっこん》になった人物だった。

いい葬式だったと感謝され、料理屋で接待もされ、知りあいを紹介されたことも一度や二度ではない。

名を砂ケ瀬《すながせ》の六郎兵衛《ろくろべえ》といい、六十をひとつかふたつ出ている。大きな頭の大男で好々爺然《こうこうや》とした顔をしているが、怒らせると怖い人物で、そうした男を半殺しの目にあわせたのを二度ほどみかけたことがある。

「おお、善七、久しいな。たまには顔をみせるがいいじゃねえか」

と六郎兵衛はいったが、月に一度はご機嫌うかがいに顔をだしている。

「どうもあいすみません」

十畳ほどの居間にあげてもらった善七が両手をついた。

床の間には侍大将の鎧兜《よろいかぶと》が飾ってあり、『神農黄帝《しんのうこうてい》』と書かれた軸が掛かっている。なぜ神農かと尋ねたとき、六郎兵衛は、

「それは香具師が神農を祖と仰いでいるからであり、神農は百草を嘗《な》めて医薬を知り路傍《ろぼう》に市をひらいて交易を教えた、といわれている。そのため、香具師と薬屋は、神農を守り神としているのだ」

と教えてくれた。

香具師とは店をかまえず大道《だいどう》や寺社でものを売る商いの者をいう。煙草《たばこ》売りや暦《こよみ》売り、歯磨き売り、定斎屋《じょうさいや》、鼠《ねずみ》取り薬売り、枇杷《びわ》葉湯《ようとう》売り、飴《あめ》売り、飴細工師など、種々雑多な商いが含まれるが、易者《えきしゃ》なども香具師の仲間とされている。

香具師の元締めは、神社仏閣などの祭礼のときの場所決めや、縄張り争いが起

きないように目を配ったりする。また元締めをもたない商人《あきんど》は、商いの場から排除されたりするので、だれかの配下につかなければ商いがやれない側面もある。

また、地方に商いに出たとき、

「あっしはだれだれの配下でございまして……」

と、地方の親分におのれが属している親分の名をだせば、よろしく取り扱ってくれるというのも、元締め同士の取り決めとしてあった。

土地代や奉納金など、実入りは多かったが、つきあいや賄賂《わいろ》などで出ていく金も莫迦にならなかったという。

居間には二人の若者と、用心棒の岩槻《いわつき》弥九朗《やくろう》が控えていた。

すぐに酒と料理が運ばれてきた。

「なにか、おれに話があってきたのだろう」

「かないませんねえ」

「ひとの顔色が読めねえようでは元締めは務まらねえのだ」

と六郎兵衛はいい、酌《しゃく》をしてくれた。

「実は……」

六郎兵衛はもってまわったいいかたを嫌う。

「あるお方が、奉行所同心を殺してくれる浪人をお捜しなのです。砂ケ瀬の元締めなら、そういう命知らずの都合がつくのではねえかと」

六郎兵衛が用心棒の岩槻弥九朗に目をやった。岩槻は四十代の前半で顔色が悪く、ほとんど酒を呑まない。伸ばした月代《さかやき》がたれ、左目を隠している。みえている右目の白目の部分が真っ白で、黒目が異様に小さい。

善七は、岩槻の声を聞いたことがないのに気づいた。

六郎兵衛が善七に目を戻して聞いた。

「相手はだれだ」

六郎兵衛の声が一段低くなっていた。

「南町奉行所定町廻り同心、雁木百合郎」

「鬼瓦か」

「ご存じなので」

「一直線莫迦……として評判だからな。思いこんだらとことん追い詰めるから、あいつに関わると碌《ろく》なことがない、とも聞いている。奴を殺したいと思っている人物がいても不思議ではないな」

「申しわけないのですが、元締めにも、頼み人の身元を明かすわけにはいかねえ

のです。ただ、二百両までならだすので、その範囲内なら浪人者を幾人雇っても
いい、ということでして」
「ほう、依頼主は大物だな。では、口利き料としておれが二、三十両もらっても
かまわぬな」
「ということは、心あたりがおありになりますので」
六郎兵衛はふたたび岩槻に目を向けた。
岩槻がうなずき、立ちあがって居間を出ていった。
「おれが引き受けたからには鬼瓦もあと四、五日の命だろう。弔《とむら》いだと思って、
まあ、呑め」
いって六郎兵衛は不気味な薄笑いを浮かべた。

五

次の朝。
相変わらずの曇り空で、雨の心配はなさそうだったが、蒸《む》し暑かった。
夜半に降った雨は朝にはやんだが、このところ長雨がつづいている。

朝五つ刻（午前八時）まえに百合郎と江依太が出仕すると、吉治郎が大番所で待っていた。

出仕届けをすませ、同心詰所を覗いた。同僚は顔をそろえていて、権多郎殺しの話を聞きたがったが、昨日のきょうで話すことはなかった。

由良昌之助の補佐役に駆りだされたことはみな知っていて、本気で気の毒がってくれた。

その由良の姿はみえなかった。だれもみていないという。

かなり早く出仕し、聞きこみに出かけたのか、それともまだ出仕していないのか。事件を担当しはじめて二、三日は身を入れている振りをするのが由良の常だから、すでに権多郎の住まいに出向いているのかもしれない。

大番所では、十人近い岡っ引きが屯《たむろ》していて、互いに顔を寄せあい、相手の耳元でひそひそ話をしている。

三太と作造の姿はなかった。

岡っ引きは定町廻り同心についてはいるが、同心から給金をもらっているわけではない。もらえるのはせいぜい小遣い程度で、それもいついつくらもらえる、と決まっているわけでもない。

なかには、女房に商売をやらせ、その売りあげで食っている岡っ引きもいるが、それはかなり少数派で、ほとんどの者は、大店《おおだな》に出入りを許され、そこからなにがしかの賂《まいない》を得ている。そのお店がなんらかの窮地に陥ったとき、裏から手をまわして手助けをするために飼われている、といってもいい。

そのほかにも、大店の主人の弱みを握り、小金を強請《ゆす》り取っている岡っ引きや、町内の揉《も》めごとを一手に引き受け、地主から小遣いをもらっている者もいる。

いずれにせよ、奉行所門前の大番所は、岡っ引きとして生き残るため、つまりは手柄を立てて同心の覚えをめでたくしておくための情報交換の場なのだ。

だが今朝は重苦しい空気に包まれていて、笑顔はない。

百合郎が大番所の出入り口に立つと、それに気づいた岡っ引きたちが話をやめ、目を向けた。いつもの鋭い、あるいはひとを蔑《さげす》んだような目つきではなく、怯《おび》えたような目つきをしていた。

「岡っ引きが狙われているってのは真実《まこと》のことですかい、鬼百合……いや雁木の旦那」

「まだなんともいえぬ。が、万にひとつのことを考え、下手人が捕まるまでは供を連れて歩くことだ。脅すわけじゃねえが、独り暮らしの者は、住まいに下っ引きを泊めるんだな。夜中に襲われねえともかぎらぬ」

岡っ引きたちが顔を見合わせた。

どういう殺され方をしたのかは、吉治郎が話さなくても三太や作造の口からおどろおどろしく伝わっただろうから、岡っ引きたちの恐怖心もわかる。

百合郎は吉治郎を促し、お堀端に連れだした。

「権多郎の奴、凧糸《たこいと》でつづった帳面を常に持ち歩き、なにやら書いていたのですが、部屋にはその帳面らしいものが一冊どころか紙一枚ありません。ほかにも、これといって、殺される動機と思えるようなものはなにもみつけられやせんでした」

昨夜、権多郎の住まいを探った吉治郎が渋い顔をしていった。

「その帳面はどうしたのだ。まさか、下手人に先を越されて持ち去られたとかいうんじゃねえだろうな」

百合郎もいって眉間《みけん》にしわを寄せた。

「住まいはきちんとしていて、荒らされたようすはありやせんでした。大番所に集まっていた仲間にもそれとなく話を聞いてみたのでやすが、だれも、権多郎がなにを探っていたのか知らねえようでございまして」

江依太が歩きはじめた。

「おい、江依太、どこいくんだ」

吉治郎が江依太の背中に聞いた。

「権多郎親分の住まいに……」

「そこにはなにもないって……」

江依太が足をとめて振り返り、

「きっといまごろ、由良の旦那が権多郎親分の住まいを探索しておいでですぜ。これからいけば、雁木の旦那が後れをとったと大喜びなさいましょうし、昨夜、すでに吉治郎親分が部屋を探ったことにも気づかれる心配はありません」

と、さらりといった。

たしかに、権多郎の住まいを昨夜探らせたことに由良が気づいたら、激怒するだろう。なぜそれを思いつかなかったのか、おのれに向けた腹立ちを何倍にも膨《ふく》らませて百合郎に叩きつけるはずだ。

吉治郎が唖然《あぜん》とした顔をして百合郎をみた。

百合郎は笑ってうなずき、歩きはじめた。

きょうも空はどんよりとしていて蒸し暑い。

鍋町《なべちょう》は鋳物師《いものし》の多い町としても知られているが、表通りには伽羅屋《きゃらや》、料理屋、紅白粉《べにおしろい》問屋、紙問屋、釘鉄銅物問屋などが軒を連ねている賑《にぎ》やかな町だ。

四年まえに死んだ狂歌師の神田庵厚麿もここに住んでいた。また、この町に店をだした叶屋《かのうや》が刻み煙草の担ぎ荷をはじめたことでも知られている。

路地では子どもたちが遊んでいた。

近所の戸口はあけ放たれ、母が子を叱《しか》りつける声などが聞こえている。

路地の奥から金魚売りが出てきて、表通りに抜けていった。

権多郎の住まいは路地の奥で、平家の古い一軒家だった。

庭と呼べるほどのものはないが、下っ引きにやらせているのか、家まわりの草はきれいに毟《むし》られていた。

玄関に入ると、雨戸はあけ放たれ、三太とともに数人の足軽たちが家探しをしていた。

ひどい荒らしようで、散乱したもので足の踏み場もない。

「いまごろお出ましか。ここには、権多郎殺しの下手人につながりそうなものはなにもねえぞ」

畳を剝《は》がした床下をみながら、顔も向けずに由良がいった。

床下におりてなにかを探していたらしい作造が、土で汚れた顔だけをだしていたので、百合郎たちがきたことを囁《ささや》いたようだ。

体の向きはそのままに、肩越しに顔だけを百合郎に向けた由良が、

「もっとも、なにかをみつけたとしても、補佐役に教える義理などねえけどな」

といって嘲《あざけ》るように笑った。

額には汗が吹いていた。

笑っている三太にそっと近づいた江依太が、なにか囁いた。

「おれらはどこをあたればいいのですか」

百合郎があっけらかんとした声で尋ねた。

「知るか、それくらいおのれの頭を使って考えろ、間抜け」

百合郎は一瞬むっとしたが、昨夜寝るまえ、由良昌之助のことは金輪際《こんりんざい》相手にしない、と決めたことを思いだし、心を落ち着けた。

「じゃあ、万年橋の近所でも聞き歩くとするか」

吉治郎は忌々しそうな顔をしていたが、江依太はなにかを楽しんでいるかのような表情だった。

「三太になにを囁いたのだ」

往還に出ると、百合郎が江依太に尋ねた。

「実は昨夜ここを探索した。下手人につながりそうなものをみつけたので、知りたかったら、今川橋《いまがわばし》のたもとまでこい、と」

今川橋は、お堀から大川《おおかわ》に流れこんでいる掘割に架かっている橋で、鍋町からは南にほんの三町（約三百三十メートル）ほどの道程《みちのり》だ。

今川橋の下流三町ほどのところに、江依太が、いやお江依と父の三左衛門とが暮らしていた大伝馬塩町《おおでんましおちょう》がある。

今川橋の両脇には瀬戸物屋があり、そのとなりに葦簀《よしず》張《ば》りの茶屋があった。

藤棚の花はすでに落ち、枝は緑の葉に覆《おお》われていた。

薄汚れた緋《ひ》毛氈《もうせん》の敷かれた縁台に腰をおろし、甘酒をすすりながら待っていると、小半刻（約三十分）もしないうちに、あたりに目を配りながら三太がやってきた。

百合郎を目にした三太が立ちどまった。進もうか、引き返そうか迷っているようで、ちらっと背後に目をやった。だが江依太のいった、下手人の手掛かり、という言葉に抗《あらが》いきれなかったようで、足を踏みだした。

「どんな手掛かりをつかんだのだ、江依太」

江依太を覗きこむようにして三太が聞いた。

百合郎が縁台から立ちあがり、三太の腕をとって捻《ねじ》りあげた。

「痛《いて》て、な……なにをなさるんで」

「話を聞かせてもらいてえのはこっちだ」

今川橋の両岸は石で護岸がなされ、橋脚は水に埋まっていた。掘割をわずかにくだるとそこは埋め立て地だがまだ手入れはなされておらず、草が茫々《ぼうぼう》と生えている。

百合郎は三太をそこに連れこんだ。

「な、なにをするんで」

百合郎から解放された三太が、腕を押さえながらいった。

百合郎、吉治郎、江依太の三人に栫《かこ》まれ、いつもの威勢のよさはどこへやら、怯えきっている。

「権多郎がどんなことに首を突っこんでいたか、話せ」

百合郎がいった。

三太は、黙って百合郎をみつめていたが、その目を吉治郎に向け、江依太に遣ってふたたび百合郎に戻した。忌々しそうな表情をしている。

「おれがなにいったって信用しねえのでしょう。尋ねるだけ無駄じゃねえのですかい」

三太が拗《す》ねたようにいった。

江依太が優しくいった。

「信用するかしねえかは、こっちで決める。雁木の旦那の問いに答えろ」

三太は将来いい岡っ引きになる。そのようなことを江依太はいっていた。江依太がどのような男を好むのか、百合郎は知らないが、三太は、江依太の好みの範疇《はんちゅう》に入っているのかもしれない。

百合郎はやや心が騒ぐのを覚えた。

「いいでしょう」

三太が決心したように顔をあげた。

「親分は、由良の旦那に命じられたことでおれたちを扱《こ》き使うだけ。親分がなにやら一人で動いている気配はあったのですが、おれらにはなにも……。腹を割ってなにかを話してくれるような親分ではありませんでしたから」

三太は若くみえるが、そろそろ三十になろうとしている。岡っ引きでもなく、かといってなにかの商いをしながら事件の背景を嗅《か》ぎまわる下っ引きでもない、その境のような半端な立場だった。

そんな半端者が女房など持てるわけはなく、女といえば、女郎とのつきあいだけだ。

三太は川越《かわごえ》の在の百姓の生まれで、父や歳のはなれた兄から馬車馬のように扱き使われるのが厭で江戸まで逃げてきたのだ。が、暮らしを立てる才覚もなく、といって盗人《ぬすっと》になる度胸もない。とどのつまり、物乞《ものご》いにまで身を堕《お》としていたのである。

あるとき、物乞い仲間の老人が若者二人に襲われ、その日の施《ほどこ》しを奪われそうになった。それをみた三太は、おのれが莫迦にされ、襲われたような気分になって吾《われ》を忘れ、近くに落ちていた丸太を手に、若者二人を半殺しの目にあわせた。

百姓の力仕事で鍛えた体で、腕っぷしは強かった。度胸さえあれば、またべつの道がひらけていたのかもしれない。

その若者たちは、物乞いを襲っては施しを巻きあげる悪党だとわかり、三太はさんざん説教されたが罰を受けることもなく、奉行所から放免された。

そこに声をかけてきたのが岡っ引きの権多郎だった。

三太は一も二もなく、権多郎の下に就《つ》くことを承諾したのだった。

それが十年ほどまえのことだ。

それから権多郎にいいように扱き使われてきた。

幾度やめようかと思ったかしれないが、岡っ引きには裏の実入りがあることも、手札さえもらえば威張ることができるのも知っていた。それで「岡っ引きになるまで」と我慢していたのだ。

岡っ引きにさえなれば十手をひけらかし、大手を振って江戸の町を歩けるし、陰ではどうかわからないが、面と向かって莫迦にされることもない。

川越に戻って父親と兄を見返してやることもできる。故郷を捨てるときに見捨てた弟を、江戸に呼ぶこともできるにちがいない。

「あと二年もしたら、由良さまにお願いして手札をもらってやるともいわれておりましたので、それだけを楽しみに……」

「権多郎親分は凧糸で綴《と》じた帳面を持ち歩いていたって聞いたんだけど……」

江依太がいった。三太が江依太に顔を向け、うなずいた。

「親分の住まいの探索で、その帳面はみつかったのか」

昨夜に吉治郎が探索したのにみつからなかった、とはいわなかった。

「そういえば、なかったな」

「それなら権多郎親分が帳面を隠す場所の心あたりはねえか」

仮に、懐に忍ばせていた帳面を下手人が持ち去ったとしても、その帳面一冊だけ、ということはないだろう。百合郎が本勤並みになったとき、権多郎はすでに岡っ引きをやっていた。それからずっと書きつづけていたとしたら、ほかにも十冊や二十冊はあるはずだ。

「ぱっと思いつくのは親分の檀那寺《だんなでら》だけど、どこがその寺かもわからねえ」

「あの由良さまが腹も立てず、よく権多郎とつきあっていたな」

百合郎がいった。

「つかずはなれずってえところでしょうかねえ。由良さまを、親分がうまく利用なさっていたような節もあります。どこで拾ってくるのか、たまに大きな情報《ねた》を流して由良さまに手柄を立てさせたりして」

三太が寂しく笑った。

「権多郎は、由良さまから手札をもらっていたのか」

「手札」というのは、同心が岡っ引きと認めた者にやる、いわば身分証明書のようなものだ。

百合郎がいった、手札をわたした同心なら、権多郎のことを多少は知っているはずだと考えたのだ。

「いえ、いまは隠居されている……たしか山田市右衛門《やまだいちえもん》の旦那からだとか、ほかの親分と呑んでいるときちらっと。なにせ権多郎親分は、おのれのことも滅多に口にしねえお方でしたから」

「女房子は」

「おいらの知るかぎり独り身でした。妾《めかけ》を栫っていたかどうかは知りません」

呑んでいるとき、ちらっと耳にした山田市右衛門の名を憶えているとは三太もなかなかのものだ。案外、江依太のいったことは的を射ているのかもしれない。

江依太は、百合郎にはみえない三太のなにかを見抜いたとも考えられる。

百合郎が三太の顔をまじまじとみた。作造とちがって間抜け面《づら》はしていない。

「なんですかい」

三太が腰を引いていった。鬼瓦に睨まれたと思ったらしい。

「権多郎親分のゆきつけの湯屋はどこだったのだ」

江依太が唐突に尋ねた。

「湯屋……って」

三太が怪訝《けげん》な顔をした。

「湯屋か……そういえば……」

三太が遠くに目をやった。

「近所の湯屋も使っていたけど……岩井町《いわいちょう》にも馴染《なじ》みの湯屋があったなあ」

江戸の湯屋は六百軒あまりあるといわれているが、「鶴の湯」などの称号はなく「岩井町の湯」など、町名を冠して呼ばれていた。

明《あけ》六つ刻（夜明け・おおよそ午前六時）あたりから、宵《よい》五つ刻（おおよそ午後八時）あたりまでやっていて、町内の社交場でもあった。

「岩井町までつきあってくれ」

江依太が三太にいい、歩きはじめた。

百合郎と吉治郎は顔を見合わせ、あとを追った。

六

岩井町の湯は唐破風《からはふ》造りで古いが堂々とした佇《たたず》まいだった。

薄い紺色《こんいろ》の暖簾《のれん》に「男」「女」と赤く染め抜かれていたが、江依太は迷うことなく「男」と書かれた暖簾をくぐった。

番台にいた老婆に、

「代金はうしろ。二階をみせてもらうぜ」

といい、雪踏《せった》を脱いで足の裏を手拭いで拭ったあと、すたすたと階段をあがっていった。堂々としたものだった。

吉治郎は苦笑いを浮かべ、湯代と二階の休憩料金を含めた四人分、五十文を番台においた。

「なるほど、勘働きの鋭い野郎でございますねえ」

吉治郎が心底感心したようにいった。江依太のやろうとしていることがわかったのだ。

老婆はじっと江依太のうしろ姿を目で追っていて、おかれた代金には目を向けなかった。

「目の保養をさせてもらったよ、若いのはまるで生き人形だし、鬼瓦もそれなりの男振りだ。わたしが若ければ放ってはおかないものを……長生きはするもんだねえ」

呟いてから湯代を銭函《ぜにばこ》に放りこんだ。一文銭が飛びだしたが、気づいていないようだった。

湯屋の二階は二十畳ほどの板敷きで、湯あがりの客がここでくつろぐ。爪を切るための鋏《はさみ》や、将棋盤、黄表紙（物語本）などもおいてあって、軽く呑んだり、飯を食いたければ出前も頼める。

壁には歌舞伎や落語の引き札が貼ってあり、落語の引き札には寄席文字で「初代三遊亭圓生」と記してあったが、演目は書いてなかった。

文化文政期、江戸の寄席はおおよそ百二十軒あったといわれるが、娘義太夫の流行が風儀に関わるとして、いまは往時の一割ほどに減らされている。だが人気が衰えたわけではなく、寄席はいつも立ち見が出るほどだった。

湯屋の二階にはひと月の借り賃がおおよそ百文の貸箱も二十個ほど造りつけられていて、すべて鍵のかかる扉がついている。貸箱の上には背丈が一尺ほどの銅製の大黒さまがのっていた。

この貸箱に入っているのは湯の道具が主だが、なかには女房や世間に内緒の品々をここに隠しておく輩もいるらしい。しかし二階がついているのは男湯だけで、女湯を覗ける穴をもうけ、遠眼鏡を貸しだしている湯屋もあると百合郎は聞いている。とはいえ、洗い場はべつでも、湯は混浴だから、銭をだしてまで覗く男がいるとは思えない。

二階では鯉《こい》の滝登りの刺青《いれずみ》を背負った男が将棋を差していたが、素っ裸だった。しかし、女の江依太が気にするようすはなかった。

――こいつ、どういう神経をしてるんだ――。

男の魔羅《まら》をみても顔色ひとつ変えない。

男のほうが生き人形のような顔立ちの江依太を気にしてか、近くに放りだしてあった小袖で股間を覆った。

「話を聞きてえのだが」

江依太が番頭にいった。

湯屋の二階は、二階番という番頭が仕切っている。世間の相場のおおよそ二割増しで出前なども頼めるが、のせられた二割は番頭の懐に入る仕組みになっている。

番頭は中年の男で、すでに腰が曲がっているようにみえる。顔色は生《なま》っ白《ちろ》く、目が細い。眉はやたらと濃く、伸びて目にかかっているが、本人はあまり気にしていないようだ。目の脇にひとつふたつ染みが浮いていた。

番頭は一瞬不機嫌そうな顔をした。が、あとから階段をあがってきた百合郎をみて町方役人だと気づいたらしく、

「はい、どのような……」

愛想笑いのなかに不安もみてとれた。

「この貸箱を借りている者の名はすべて憶えているのか」

「そんなに頭がいいわけじゃありませんのでね、帳面に書いてありますけど」

卑下《ひげ》しているのか、強がりの現れか、どちらかはわからなかったが、番頭はぶっきらぼうないいかたをした。

「じゃあその帳面をみてくれ、借り手は鍋町の権多郎という岡っ引きだが……」

「それならみなくてもわかります。たしかに、権多郎親分は貸箱を借りておられます」

「何番だ」

箱には壱番から弐拾番までの番号がついていた。

「五番でございますが……」

「合鍵のようなものはあるのか」

「ございますが……親分の箱を勝手にあけるのはどうかと……いくらお町の旦那のお頼みでも。権多郎親分から怒鳴られるのはごめんですから」

「権多郎から怒鳴られることはねえよ」

吉治郎がいった。

「親分さん、お仲間の権多郎親分をご存じないのとちがいますか。あの親分の目つきときたら、もう……」

「殺された」

「え……」

「権多郎は殺されたのだ。下手人の手掛かりをつかむために箱のなかがみたいのだ。あけてくれ」

番頭が一瞬考え、そのあと驚き、百合郎に顔を向けた。

百合郎がうなずいた。

「殺されなすった……」

「待て待て待てーっ」

叫ぶ声が聞こえ、階段のあがり口から由良昌之助がすっと現れた。

「その箱のなかはおれが検《あらた》める」

大声で、床板を踏み鳴らしながらやってきた。

「迂闊《うかつ》なことに、尾行されましたね」

百合郎に体を寄せた吉治郎が囁いた。

三太に耳打ちする江依太をみていたのだろう。それでなにかあると考え、三太を尾行した。そういうところは目敏《めざと》いが、まさか由良が尾行してくるとは思いもしなかったので、背後に目を配るのを怠《おこた》っていた。

「階段の途中で成りゆきをみていたようだな。おれとしたことが……」

百合郎が舌打ちした。

三太は戸惑った表情をしていたが、江依太はまったく顔色を変えていない。

「おまえらに用はない、邪魔だ、出ていけ」

江依太はなんの抗議もしないまま、素直に階段をおりていった。

吉治郎もつづいたが、百合郎はむかっ腹を立て、由良を睨みつけてから階段をおりた。

湯屋の外でしばらく待っていると、由良昌之助が男湯の暖簾を乱暴に割り、

「権多郎の帳面を盗んだのはてめえか、雁木百合郎。それならいますぐだせ」

と、食ってかかった。

百合郎が命を懸けてやっている仕事が、こんな間抜けにでもこの歳まで務まるのだ、と思うと情けなくて反論する気も起こらなかった。

箱のなかに帳面がなかったということを自ら白状しているのさえ気づいていないのだろう。

「あっしらも、さきほど三太から湯屋の話を聞いたばかりでございますよ、由良の旦那。貸箱をあけるまえに由良の旦那が現れなすったのでございますから、盗む暇などありはしませんよ。すべてご覧になっていたのでございましょう」

吉治郎が柔らかい表情でいった。腸《はらわた》は煮えくり返っているのだろうが、それを顔にだすような吉治郎ではない。それとも端《はな》から相手にするつもりなどなく、憤りなど感じていないのかもしれない。

江依太は、奇異な生きものでもみるような顔で由良をみている。笑いたいのを堪《こら》えているようでもあった。

「黙れ、黙れ、黙れ……」

吉治郎を怒鳴りつけると、由良はさっさと歩いていった。

暖簾の陰から由良と吉治郎の遣り取りをみていた三太は、由良の姿が小さくなるのをたしかめてから姿を現した。

「おめえはなぜ、親分が借りていた箱が空っぽだということを、知っていたのだ。いや、おれにはそうみえたのだ」

と、江依太に向かって三太が聞いた。

なるほど、由良よりはよほど鋭い。

「なんの話だよ、いってる意味がちっともわからねえな」

江依太が、だれにでもわかるようなすっ惚《とぼ》け方をした。

「まあいい。どうせ二階にあがってみるんだろう。おれも見物させてもらうぞ」

「由良の旦那の腰巾着でいなくていいのか」

江依太がいった。

「おれが消えたとしても、気づくような旦那じゃねえよ。おれたちはいつも旦那のうしろを歩いているからな」

江依太が百合郎をみた。百合郎がうなずいた。

第二章　二階番頭

一

殺された権多郎が借りていた五番の箱は空で、湯の道具さえ入っていなかった。

「番頭さん、おめえ、ずっと二階にいるのかね」

江依太が聞いた。

「それは無理ってもんでございますよ、親分さん……でいいのですよね。随分《ずいぶん》お若くて……まるで生き人形のようですが」

思いついたように番頭が世辞をつけ加えた。先ほどに比べると落ち着いている。

「残念ながらまだ親分じゃねえ、見習いなのだ」

江依太の口調にはわずかに悔《くや》しさが滲《にじ》んでいた。

番頭の目にちらっと蔑《さげす》みの色が浮かんだ。

「おれが許している。問われたことに答えろ」

百合郎が厳しくいった。

「小便にもいくし、出前を受け取りに番台のそばにもいきますからね。階下《した》からなにやかやと用もいいつけられますし……」

またもやぶっきらぼうにいった。

「昨日のことか、きょうの朝早くとも考えられるが、権多郎親分の箱をあけ、なかの品を盗みだした者はみてねえのだな」

江依太がいった。

五番の箱をだれが借りているのか知っている者は少ないはずだ。とすれば、だれかがやってきて箱をあけても、疑う客はいないのかもしれない。

「わたしがみていれば、なにごとかと問い質《ただ》したはずですが……」

おのれが咎《とが》められているとでも感じたのか、番頭は、

「最初からなにも入ってなかったかもしれませんよ。わたしは権多郎親分がなにかを入れるのも出すのもみたことがありませんので」

と、慌てたようにつけ加えた。

「箱の鍵をみせてくれるか」

番頭の言葉には取りあわず江依太がいった。

番頭は二階のあがり口にあった船簞笥《ふなだんす》の抽斗《ひきだし》から鍵を取りだして江依太にわたした。

一寸半（約五センチ）ほどの鉄製で、小さな木片の番号札がついていた。

「いま思いだしましたが、権多郎親分は、鍵の穴に紐《ひも》をとおし、いつも首からさげておられました」

番頭がいった。たしかに鍵の握りの部分に、紐をとおすためだろうと思われる穴があいている。

江依太が百合郎と吉治郎に顔を向けた。

三太は悔しそうな顔をしていた。

下手人《げしゅにん》は権多郎を殺したあと箱の鍵を奪い、帳面を盗みにきたのだ。昨日一日のどの時刻でもそれはあり得た。

「昨夜のことだが、この湯屋にだれかが押し入った形跡はねえか」

百合郎が聞いた。

客がいるときではなく、夜中に押し入って奪ったかもしれない、と思ったのだ。

「いいえ、そんなようすは」

「昨日の店あけから店仕舞いまで、だれか、この五番の箱をあけているのをみた者はいないか、たぶんそいつが権多郎を殺した下手人だ」
四、五人いた二階の客に向かって百合郎が聞いた。
先ほどまで素っ裸で魔羅《まら》をだしていた男はすでに縞《しま》の小袖《こそで》に身を包んでいたが、百合郎と目があうと、

「いつもおれがくるのは昼四つ刻（午前十時）すぎだけど、憶えがねえなあ。まあ、将棋に夢中になってると、だれがいてだれがいなかった、なんて気にしている余裕はねえけどな。町内の湯といっても、方々から余所者《よそもの》が入りこんでくるようになったから、おれが餓鬼《がき》のころのように、全員顔見知り、とはいえなくなっちまったし」

といった。そのあとほかの客を見廻し、どうだ、というような素振りをした。

ここでは一目おかれているようだ。たぶん博奕打《ばくちう》ちだろう。

ほかの客もみな、頭《かぶり》を振った。

「馴染《なじ》みでない客はみなかったかね」

「四、五人みかけはしましたが、名などは聞いておりません」

番頭がいった。長々と問い質されているせいか、やや苛《いら》ついている。

町内の湯を利用するのは、ほとんど町内の者だが、魔羅男もいったように、江戸に流れこんできた地方の百姓や、棒手振《ぼてふ》り、小商人《こあきんど》などがとおりすがりに入っていくことも珍しくはない。

江戸は風が強く埃《ほこり》がひどい。とくに夏場は、汗で埃まみれになり、日に二度湯屋にやってくる客も珍しくない。

番頭は四、五人みかけたといったが、ほかにも目につかなかった者がいるにちがいない。

「その四、五人の人相は憶えているか、絵描きに似絵《にせえ》を描かせるといったら、教えられるか」

百合郎が聞いた。似絵が描けるような絵描きなら一人知っている。

「無理です。もう一度会えば思いだすかもしれませんが、それも自信がありません」

この線から下手人に迫ることは無理なようだ。

「邪魔したな」

といって百合郎は魔羅男に目を向け、

「名を聞いておこうか。おれは南の定町廻《じょうまちまわ》りで、雁木百合郎だ」

といった。

「玖老勢《くろぜ》の伊太郎《いたろう》といいやす」

「尾張《おわり》の出なのか」

江依太が聞いた。

「おまえもそっちの出か」

玖老勢の伊太郎がいった。

「いや、紙の上で旅をしただけだ」

伊太郎は、なんだそれ、というような顔をしたが、江依太はすでに階段をおりはじめていた。

江依太はまだ父と暮らしているとき、土地の切り絵図（地図）を眺めて空想の旅をするのを楽しみにしていた。そのため、薩摩《さつま》から陸奥《むつ》までの変わった地名や気に入った地名はすべて憶えている。

三太がつづき、吉治郎も百合郎もつづいた。

薄い紺色《こんいろ》の暖簾《のれん》をくぐって外に出ると、三太が、

「しばらく雁木の旦那《だんな》についていてもかまいませんか」

と聞いた。

百合郎は三太にじっと目を向け、いった。

「駄目に決まってるじゃねえか。おれは岡っ引きをぞろぞろ引き連れて歩くのは好きじゃねえのだ。それに由良さまに怨《うら》まれる」

「そうだろうと思いましたよ」

といい、江依太に目を向けると、

「くそったれ」

といって立ち去った。

江依太は悲しそうな顔で見送っていた。が、江依太のなにが、あるいは三太のなにが、江依太に悲しそうな表情を作らせたのか、百合郎にはわからなかった。

また百合郎の心がざわついた。

「権多郎と下手人は知りあいだった、ということがわかったな。権多郎は下手人のことを帳面に書き綴《つづ》っていたにちがいない。下手人はそれを知っていて露見するのを恐れ、権多郎を殺した、ということだろうな」

百合郎がいった。

権多郎が下手人に強請《ゆすり》をかけていたとすれば、なおさら、金蔓《かねづる》の名をだれかに洩らしているはずがない。

　帳面も奪われ、だれにも話してないとすると、かなり厄介《やっかい》な事件になりそうだと、百合郎は思った。

「あの番頭が下手人なら、筋がとおるのでございますがね。なにかおどおどしてましたし」

　吉治郎がいった。

「あの番頭が権多郎殺しの下手人としてだ、どんな弱みをつかまれていたのだろうな」

「探ってみなければわかりませんが、どんな奴にも、弱みのひとつやふたつはあるもんです。もしかすると、盗人《ぬすっと》の頭《かしら》が番頭に化けているとか、この湯屋が盗人の隠れ宿ということも考えられますし」

　といい、吉治郎が湯屋をみあげた。

「飛躍がすぎるような気もするが、気になるなら……」

「伊三《いぞう》にでも探らせてみやしょう」

　吉治郎についている伊三は鋳掛屋《いかけや》で、百合郎もよく知っているが、鋭い男だ。

「江依太、三太も聞いていたが、おめえ、権多郎が借りていた箱が空っぽだと知っていたのか」

「湯屋の貸箱のことを思いついたとき、権多郎親分の財布からも袂《たもと》からも鍵がみつからなかったことに気づいて、これは下手人に先廻りされたかも、と……」

「そうか。いわれてみればなんの不思議もねえなあ」

と百合郎はいい、歩きはじめた。

江依太もついてゆきながら、

「三太の話を聞いていると、権多郎親分はかなり用心深そうな人物ですから、もしかすると、ほかに帳面の隠し場所があるかもしれねえと……ちょいとそんな考えも浮かんできたのですが」

「なるほど、そいつは大いにありうるな」

吉治郎がいった。

「三太のいっていた檀那《だんな》寺《でら》を探してみるか」

「しかし、どうやって」

「あのお方ならご存じかもしれねえ」

百合郎たちが立ち去るのを湯屋の二階の格子窓からみていた番頭は、

「ちょいと後架《こうか》（便所）にいってきますので……」

と客に挨拶《あいさつ》し、階段をおりていった。

番頭の住まいは、湯屋の裏手にある割り長屋で、独り暮らしだった。

一度女房をもらったことがあるが、男ができて駆け落ちされたのだ。それ以来女が信用できなくなり、金儲《かねもう》けだけを考えてきた。

そのうち、売りに出ている湯屋でも買って主人におさまるつもりだが、そこまでの金はまだたまっていない。

速歩《はやあし》で長屋に戻り、古道具屋で仕入れた古びた簞笥の上にのっている柳行李《やなぎごうり》をおろした。柿渋《かきしぶ》で染めた油紙で修繕してある蓋《ふた》を取ると、山のような書きつけが出てきた。

実は番頭、湯屋が閉まると二階で書きものをする振りをし、合鍵で貸箱をあけて点検してまわるのを密かな楽しみにしていたのだ。

ひとが隠している秘密を嗅《か》ぎつけ、

「おれはおまえの秘密を握っているぞ」

と、内心で相手を蔑むことほど、おのれの優越感に浸れることはない。

脅迫につなげることもできそうだが、気の弱い番頭はそこまでやる勇気はない。

だが、権多郎親分が貸箱に入れていた帳面を読んだときには驚いた。

悪事をはたらいている二十人近い者の名と、その悪事の詳しい内容が書き記してあったのだ。

その帳面に書かれたことを利用しようなどとは、そら恐ろしくて考えもしなかったが、なぜか、書き写しておいたらいいことがあるかもしれない、と思った。

威張りはしないが、番頭を蔑むような目でみる権多郎が嫌いだったということも、帳面を書き写そうと思ったことの一因かもしれない。

湯屋の貸箱から帳面を持ちだし、長屋で帳面を書き写しているときの番頭は、

「いつでもあんたを奉行所に突きだせる……」

と、権多郎親分の弱みをつかんでいるような、高揚した気分になったものだ。

番頭は柳行李のなかの書きつけを細紐で縛り、湯屋へ運んだ。


「手習いの紙がたまったので燃やしたいのだが、いいかい」

釜焚《かまた》きの茂平《もへい》爺さんに断ると、

「それはかまわねえが、手習いの紙ならおれにくれ。尻を拭くのに使うから」

と茂平がいった。本気で欲しいような顔をしている。

「こんなもので拭くと、墨で尻が真っ黒になるぞ」

といって笑った番頭は、書きつけを焚き口に放りこんだ。

こんなものを持っていることが町方役人に知られたら、どんな目にあわされるかわからない。

「番頭さん、二階でお呼びですよ」

女中が呼びにきた。

「いまいく」

番頭は燃えている書きつけをたしかめてから、二階へ向かった。

二階へ向かう番頭のうしろ姿を目で追っていた釜焚きの茂平は、燃えている書きつけを火掻棒《ひかきぼう》で引っ張りだし、足で火を踏み消した。縁が焦《こ》げてはいるが、焼け残ったのが半分ほどあった。

「勿体《もったい》ねえ……」

番頭にみつかると取り戻されるかもしれないと思い、茂平は燃え残った書きつけを薪《まき》のうしろに隠した。

茂平は文字が読めないため、どのようなことが書いてあるのかまったくわからなかった。本気で落とし紙にしようと考えていたのだ。

墨で多少尻が汚れるくらい、若いときとちがってだれかにみせるわけではないし、気にすることもない。

茂平は、若いときにつきあっていた娘と、尻のみせっこをしたのを思いだしてにやりとした。

二

昼飯に立ち食いの鮨《すし》をつまんだあと、山田市右衛門の屋敷を訪ねると、お内儀が、

「あら百合郎どの、おめずらしい。きょうは釣りにいっておりますが」

といい、場所を教えてくれた。

「父上」

筵《むしろ》に腰をおろし、山田市右衛門とならんで釣りをしていたのは、百合郎の父、彦兵衛だった。

同じころ定町廻りを勤めた二人が知りあいなのは承知していたが、予想だにしていなかったので百合郎は驚いた。

「町廻りの途中か」

父は顔をあげ、百合郎をみてからいった。その目を吉治郎に向け、軽くうなずいた。

吉治郎は彦兵衛から手札をもらっている。裏者だった吉治郎を岡っ引きにしてくれた、いうなれば恩人だ。吉治郎はおのれの両掌を太腿の上につけ、深々と頭をさげた。

江依太も頭《こうべ》をたれた。

「いえ、山田さまにお伺《うかが》いしたいことがあってまいりました」

「わしにか」

彦兵衛に話があってきたと山田市右衛門は思っていたようで、百合郎にちらっと目をくれて軽くうなずいたあとは、赤と白に塗り分けられた黍茎《きびくき》の浮きに目をやっていたのだ。

百合郎は浮きをみながら、市右衛門の脇に屈《かが》んだ。

浮きが、すっと水中に引きこまれた。

しばらく引かせておいて間を取り、くっとあわせてから市右衛門が竿《さお》をあげた。

竿の先がぐぐっとしなり、市右衛門が思わず、うおっ、と声をあげた。

「市右衛門、落ち着け、ゆっくり、ゆっくり……」

彦兵衛が声をかけた。

邪魔にならないように、百合郎は立って脇にどいた。

釣りをやらない百合郎は、魚が掛かったこの瞬間の、釣り人の気持ちはわからなかったが、鯉《こい》らしい大きな魚影が水中できらっと動いたときにはさすがに心が躍った。

「お……」

市右衛門は決して無理をしなかった。

鯉を泳がせながら、ゆっくりと手繰《たぐ》り寄せている。

しばらくすると、鯉の動きが不意にとまった。そのときを待っていたかのように市右衛門は鯉を引き寄せた。

攩網《たもあみ》を手に待ちかまえていた彦兵衛がすかさず鯉を掬《すく》った。このとき、ふたたび鯉が暴れたが、頭から尻尾《しっぽ》の先まですっぽり攩網のなかにおさまっていて逃げることはできなかった。

体長は一尺（およそ三十センチ）を超えていて、丸々と太っていた。

鯉は側線上の鱗《うろこ》が三十六枚あるところから六六魚《りくりくぎょ》とも呼ばれているが、実際の鱗は三十六枚ではないらしい。

「黒谷《くろたに》の時蔵《ときぞう》という盗人を憶えておるか、市右衛門」

「忘れられようか」

「あのときもおぬしと力をあわせて捕縛したな。時蔵には申しわけないが、いまのほうが興奮した」

といって彦兵衛が笑った。

「いかさま」

といい、市右衛門も満足そうに笑った。

市右衛門は鯉を針からはずして魚籠《びく》に押し入れ、魚籠の紐を柳に結わえつけてから堀に落とした。

ほーっと深い溜息をつき、しばらく余韻を楽しむように竿を振っていたが、やがて針に蚯蚓《みみず》をつけ、堀に投げ入れてから百合郎に顔を向けた。

「わしに聞きたいこととはなんだ。気分がいいので彦兵衛の秘密も話してやるぞ」

といい、にこっと笑った。

彦兵衛も笑い、首を二、三度振った。

百合郎は市右衛門の傍《かたわ》らに屈み、

「岡っ引きの権多郎が殺されたのはご存じですか」

と尋《たず》ねた。

「その件か……」

市右衛門の顔が引き締まった。

「わしが話した」

権多郎が惨殺されたことを、昨日の夕餉《ゆうげ》のとき父の耳に入れたのだ。

「おぬしが担当になったのなら心強いが……」

「わたしは一直線莫迦《ばか》といわれている向こうみずですよ。心強いとは……」

「一直線だからこそ、それを恐れる者も出てきて馬脚を露《あらわ》す。それがおぬしの取り得なのだよ」

「補佐役がちょうどいい、と川添さまは判断されたようでございますが」

浮きをみていた市右衛門が百合郎に顔を向け、

「補佐役……由良昌之助のか」

「はい」

「川添め……あいつ、なにを考えておるのだ」

浮きはぴくりともしなかった。

「権多郎とはどんな縁で」

百合郎が聞いた。

市右衛門が竿をあげた。浮きはぴくりともしなかったが、針の蚯蚓はみごとに取られていた。

「あいつと出会ったのは、奴がまだ二十代のなかごろの話だから、もうふた昔もまえになるのか……」

針に蚯蚓をつけながら市右衛門がいった。

「そのころ、おれが使っていた吾右衛門《ごえもん》という岡っ引きの下働きをしていたのだ。無口で辛抱強いので、物乞《ものご》いなどに化けて張りこむのを得意としていたようだな」

市右衛門は竿を手に取り、浮きをやや上流に引きあげた。

「子どものころ、父親にはよくぶん殴られ……呑まないといい父親だったらしいのだが、呑むと手がつけられないくらい、女房と権多郎を殴ったらしい。そのせいで権多郎は左耳がよく聞こえなかった」

なにがあったのか、その父親はあるとき不意に姿を消し、それっきり帰ってこなかったのだという。

十一歳だった権多郎は奉公に出たようだが、不器用なくせに意固地なところがあり、上の者のいうこともあまり聞き入れなかったとかで、どこも長つづきはしなかったらしい。

「母親はどうしているのですか」

生きていれば六十代後半だろうか。

「うん……母親の話は聞いてないな。いや、聞いたのかもしれぬが、憶えていない」

といったあと市右衛門はやや考え、

「いや、やっぱり聞いた憶えがないな」

といった。

置き引きや、強請などをしてその日を暮らしていた権多郎に目をつけた吾右衛門が、使いっ走りとして用をいいつけ、小遣《こづか》いを与えるようになった。

なぜ面倒をみる気になったのだ、と聞いた市右衛門に、吾右衛門はこう答えたという。

「無口で不器用な野郎ですが、みどころはありそうなので……」

吾右衛門はしばらく考え、

「性格がややねじけているところもありますが、それはいままでひとによくしてもらったことがなかったからでしょう。あっしがそれを直し、一人めえにしてやろうと思い立ちましてね。いってみれば病で死んだ娘の供養にでしょうか」

といって笑ったとか。

「それから五年ほどたったあとだったか、吾右衛門は体の具合を悪くしてな……」

権多郎に手札をやってはくださいませんか、と頼みにきたのだという。

「岡っ引きのなにが気に入ったのか、権多郎は生き生きとして吾右衛門を手伝っていたなあ。吾右衛門の女房に読み書き算盤《そろばん》なども教えてもらってな」

「それで手札を」

「そのあとすぐ吾右衛門が死んだのだ。それで、まあ、吾右衛門への香典のつもりで権多郎に手札をやったのを憶えておるよ」

「そのあとはどうだったのですか」

「岡っ引きとしてか」

「はい」

「ひとつの事件に入れこむ傾向はあったが、いい岡っ引きだったな」

「どこからか苦情が出たようなことは」

「ん……」

市右衛門が、それはどういう意味だ、というような表情で百合郎をみた。

「いえ……もしかすると、ひとの弱みを握って、強請などをかけていたのではないか。そのために殺されたのではないか、と考えたものですから」

「ううむ……」

浮きは動いていないのに、市右衛門が竿をあげた。また餌《えさ》を取られていた。小魚のなかにも抜け目のない奴がいるようだ。

「おれの耳には入ってないなあ」

権多郎が強請をはじめたとすれば、恩人の市右衛門が隠居したあと、と決めていたのかもしれない。父より一年遅かったので、市右衛門が引退して五年になる。

「ただ……」

「なんですか」

百合郎はどきりとした。

「印象に残っているのは『無冤録述《むえんろくじゅつ》』を懐《ふところ》に、いつも読んでいたことだな。いつごろかから、書物をよく読むようになっていた。書物を読むようになってから、凧糸綴《たこいとと》じの帳面も持ち歩くようになり、それになにやら書いていたのを憶えている。なんだか考えこむようになり、顔つきが厳しくなったのもそのころからだな」

『無冤録述』というのは、明和五年に刊行された、現代でいう『法医学入門書』のようなもので、定町廻り同心には必読の書といってよかった。

「おぬしらは権多郎の帳面をみたのだろう。下手人に近づくための手掛かりは書いてなかったのか」

「それが……帳面がみつからないのです」

「なに」

権多郎の下っ引きと話していて、湯屋の貸箱を思いつき、いってみたが、なかは空っぽだった話をした。

「湯屋の貸箱を思いついたのはあいつですけど」

と百合郎はいい、江依太に向かって指差した。

市右衛門が、肩越しに江依太に目を向けた。江依太が軽く会釈《えしやく》をした。

「それはなかなか鋭い、将来楽しみだな」

といって浮きに目を戻し、

「盗まれたのか」

不安そうな表情でいった。

彦兵衛も、驚いた表情で百合郎をみていた。

江依太も吉治郎も黙ったまま市右衛門に目をやっている。

「下手人にとっては、正体が露見するようなことが書いてあったので盗みだしたのではないか、とみているのですが」

「久し振りに背筋が寒くなってきたな。いや、下手人の用意周到さを考えたらな」

「権多郎も、かなり用心深かったのではないですか」

「たしかになあ」

「そこで考えたのですが、もしかすると、権多郎は、書きつけを二、三箇所に分けて隠していたのではないか、と」

「うむ……」

「それは考えられるな」

彦兵衛がいった。

「しかし、隠し場所のあてなどないぞ」

市右衛門がいった。

「山田さまは、権多郎の檀那寺をご存じないですか」

山田市右衛門が、はっとしたような顔をした。が、すぐ気落ちしたように、

「母が死んでいるのなら、もしかすると話してくれたかもしれぬが、そんな話も聞いてはおらぬ。せっかく訪ねてきてくれたのに、役に立てずにすまんな」

といった。ほんとうにすまない」

「いえ、すまないなどと、そんなことは……」

百合郎は釣りの手をとめてしまった詫《わ》びと、話をしてくれた礼をいい、立ちあがった。

三

玖老勢《くろぜ》の伊太郎が長屋の腰高障子《こしだかしょうじ》を勢いよくあけ、

「茂平爺さん、生きてるかい」

といいながら、茂平の住まいに入ってきた。

「閻魔《えんま》さまも、迎えにいくかどうか迷っておられるようで、なんとか生きとるよ」

紙のように薄い夏掛けを被って寝ていた茂平がいった。

岩井町の湯屋にいったら、釜焚きの茂平が夏風邪《こじ》を拗らせて寝込んでいる、と聞いたので見舞いにやってきたのだ。

玖老勢の伊太郎と茂平は、伊太郎が岩井町の湯にかよいはじめたころからの知りあいで、湯屋が閉まったあと、二人して呑みに出かけることも多かった。

というのも、伊太郎は捨て子で、両親の顔を知らないまま、置き引きや掻っ払い、物乞いの真似などをして路上で育ったといってもいい。十七になると、賭場の用心棒や、小さな賭場荒らしなどをしてこの歳まで生きてきた。

茂平は、なんとなく父親のような存在だった。とはいえ、年老い、病にたおれたからといって、いっしょに暮らし、食わせてやろうなどという殊勝《しゅしょう》な心はない。そういうまめなことは性にあわないのだ。

「これでも食って、呑んで、力をつけてくれ」

あがり框《がまち》に腰をおろした伊太郎が、貧乏徳利の首まで入れてもらった酒と、鰻《うなぎ》の蒲焼《かばや》きを差しだした。

「すまねえな。風邪が伝染《うつ》るといけねえから、おめえが帰ったあとでもらうよ」

「そうかい。かえって気を使わしちまったな。じゃあ、またくるよ」

といって立ちあがったとき、土間の隅に燃え残りの紙が七、八枚重ねてあるのが目に入った。

一度火にくべ、慌てて引っ張りだしたような焼け焦げがある。だが茂平は文字が読めないはずだ。

「これはなんだね」

紙を拾いあげて尋ねると、茂平は、

「落とし紙だよ」

と素っ気なくいった。

読んでみると、気になることが書いてあった。

「この紙はどうしたのだ」

「なにが書いてあるのだ。おれは字が読めねえからよ」

茂平がいった。

「十文、二十文をだれかに貸して、返してもらったとか、まだ返してもらってねえとか、そんな覚え書きのようだな」

「そうかい。まだ返してもらってねえなら、あの番頭、なぜ燃やそうとしたんだろうか」

「これは湯屋の番頭が燃やそうとした紙なのか」

「ああ、勿体ねえと思って、ぜんぶ燃えないうちにおれが焚き口から引っ張りだして、落とし紙にしてたんだけどな。長屋の連中がきては、持ってったから、もうそれっぱかりしか残ってねえのだ」

「それなら、おれも少しもらっていってもいいな」

「ああ、好きなだけ持っていってくれ、酒と鰻の礼だ」

「よく養生《ようじょう》するんだぜ」

玖老勢の伊太郎は残っていた紙をすべて引っ摑《つか》み、表へ出て腰高障子を閉めた。


茂平の長屋のすぐ裏手に稲荷社《いなりしゃ》があるのを知っていた。

伊太郎はそこへゆき、木の階段に腰をおろして紙に書いてある文字をじっくり読んでいった。紙は八枚あったが、四枚はほかの紙と文面がつづいているようで、意味をなさなかった。だが残りの四枚には、金になりそうなことが記されてあった。しかしあの湯屋の番頭が、なぜこんなことを知っているのか、それがわからなかった。番頭は、そのうち売りだされた湯屋でも買って主人におさまるのが夢だとかいっていたが、まさか、

「湯屋の客の弱みを握り、強請をかけていたのか」

と思い、はっと気づいた。

湯屋の貸箱のなかにはさまざまな秘密が眠っている。

現に、伊太郎の貸箱にも二十両という、博奕の軍資金がおいてある。

番頭は合鍵を持っている。いつでも貸箱のなかの秘密を握れるのだ。

「あの野郎……」

「しばらくのあいだ、おれと番頭の二人きりにしてくれ」

午《ひる》をすぎたばかりとあって、岩井町の湯屋の二階には四人の客と番頭しかいなかった。

客の一人は近ごろ二階に屯《たむろ》するようになった中年だったが、残りの三人は伊太郎のむかし馴染みで、促されると黙って階段をおりていった。

近ごろ二階に屯するようになった中年は、岡っ引き吉治郎の配下、鋳掛屋の伊

三だった。

伊三はなにが起こるのか気になったが、一人だけ残るわけにはゆかず、後ろ髪を引かれる思いで階段をおりていった。

「なにごとだね、伊太郎さん」

みなが姿を消すと、不安そうな顔で番頭が尋ねた。

「これのことで話がある」

伊太郎は、畳んで懐に入れていた書きつけを引っ張りだして番頭の目のまえに広げてみせた。

それは一枚だけで、

『津国屋多四郎《つのくにやたしろう》
妾《めかけ》殺し
埋めた場所は……』

としたためてあったが、あとは焼けて読めなかった。

番頭にみせたのはこれ一枚だけだったが、ほかの三枚はあるところに隠してある。

番頭はそれがなにかわかったようで、みるみる顔が蒼白《そうはく》になり、震えだした。

「あそこの壁に貼ってある注意書きを書いた奴の文字とおなじだな。そして、あの注意書きを書いたのはてめえだ」

　正面の壁に貼られた注意書きは、二階で寝てはいけない、喧嘩《けんか》はいけない、ひとのものを盗んではいけない、将棋に金銭を賭けてはいけない、など、七箇条にわたっていた。

「この書きつけについて、とやかくいうつもりはねえ。おれが知りたいのは、ここに書かれている、南新堀町《みなみしんぼりちょう》の酒問屋、津国屋多四郎の悪行の手証だ」

　それさえ手に入れれば、おれが津国屋多四郎を脅迫してたっぷり稼いでやる、と伊太郎は考えていた。

　書きつけには、津国屋が妾を殺して埋めたことが記されていたが、屍体がどこに埋めてあるのかは焼けて読めなかった。

「津国屋は、妾の屍体をどこに埋めたのだ。こんな驚くようなことを書いたのだから、忘れたとはいわせねえぞ」

「そ……それは……」

「いまさら隠し立てしてもしょうがねえだろう。津国屋から脅し取った金の分けまえはおめえにもくれてやる。さっさと白状しろ」

「その書きつけはたしかにわたしが書いたものですが、内容のことはまったくあずかり知らないのです」

「この期《ご》に及んで、てめえ、腕の骨でも折られてえのか」

「いえ、それは……」

番頭は、おのれが夜中に貸箱をあけ、中身をたしかめて悦《えつ》にいっていたことや、いつかは役に立つかもしれないと、権多郎の帳面を書き写していたこと、足がつきそうになったので燃やそうとしたことなど、すべて話した。

釜焚きの茂平爺さんが、燃え残った書きつけを引っ張りだして持ち帰ったのだろうとは、焼け焦げた書きつけをみた番頭も見当をつけていた。

伊太郎は、金儲けの口が遠ざかっていくのを感じながら、呆然《ぼうぜん》と聞いていた。だが、五両や十両でならこの書きつけが売れる、と思いあたった。

「雁木百合郎とかいったあの同心……」

とやや考え、

「いや、あいつは駄目だ」

一徹そうな目をしていた雁木という同心は、姑息《こそく》な手段にはのってこないだろう。だが、あとからやってきて威張り散らしていたあの同心なら……そこまで考えてにやっとした。

この際、五両でも、なにもないよりはましだ。

考えながら伊太郎は書きつけを四つに折って懐深くに入れた。

「たしか……」

あいつは、なにか思いついたら、南のおれ、由良……なんといったか。そうだ、昌之助、由良昌之助に知らせろ、といって番頭を脅していた。

――由良昌之助なら買ってくれる――。

玖老勢の伊太郎は番頭の頰を軽くぴしゃぴしゃ叩き、

「このことはおれも忘れてやるから、おめえも忘れろ、いいな」

と釘《くぎ》を刺した。

「まあ、話せねえよなあ。夜中にやってたことが主人にばれれば、おめえは路頭に迷うどころか、秘密を知られた連中から命を狙われかねねえからな」

番頭は真っ青になっていたが、伊太郎には番頭の秘密を世間にばらすつもりはなかった。いきがけの駄賃に脅しただけだ。脅しておけば、湯屋の二階に屯するのになにかと都合がいい。

「二度とやるな」

伊太郎は、踵《きびす》を返して階段をおりようとした。

その伊太郎の頭に、貸箱の上に鎮座していた銅製の大黒《だいこく》が振りおろされた。

伊太郎の頭はぐしゃっというような鈍い音をたてて骨が砕け、階段から転がり落ちていった。

しばらくすると、階下から悲鳴があがった。

番頭は、おのれがなにをしたのか、よくわかっていなかった。階段のおり口のあたりにぺたんと座りこみ、呆然としていた。

あの書きつけを取り戻すつもりだったのだろうが、それも忘れていた。

だれかが階段を駆けあがってきた。

「番頭さん」

血のついた大黒が番頭の脇に転がっていた。

「あんたなんてことを……」

階下の脱衣場にいた伊三と、もう一人が奉行所に向かって駆けた。

伊三は、雁木の旦那か吉治郎親分に知らせたかった。だが、二人がいまどこにいるのか、知らなかった。とにかく、奉行所へいってみることにした。

いっしょに走っているのは、湯屋の二階で知りあった吉介《きちすけ》という若い男で、中年女のひものような暮らしをしている。

四

奉行所へ着くと、大番所に三太と作造の姿があった。

「まずい……」

由良さまには話したくなかったが、おれが話さなくても吉介が大威張りで話すにちがいない、と伊三は焦《あせ》った。

伊三は奉行所の門番に、

「雁木さまはまだお戻りではありませんか」

と尋ねた。門番は、

「雁木さまの姿はみておらぬが、由良さまなら、先ほどお戻りになった」

「ひとが殺されたと、由良さまにお知らせ願います」

となりにいた吉介が、意気込んでいった。

「それはまことか。待っておれ」

「ちょいと耳に入ったのだが、場所はどこだ。殺されたのはだれだ」

すぐうしろにいた三太が口を挟んだ。

「岩井町の湯屋で、殺されたのは玖老勢の伊太郎という遊び人です」

「なに、岩井町の湯屋だと……」

権多郎親分が、貸箱に帳面を隠していた湯屋だ、とすぐ気づいた。

「殺しというのはまことのことか」

のんびりとしたようすで由良が脇門から出てきた。刀を帯に差そうとしている。

「岩井町の、あの湯屋に屯していた遊び人が殺されました」

三太が、さもみてきたようにいった。

「なに」

由良はかなり驚いたようで、刀を帯に差しそこねた。

「作造、柴田玄庵を呼んでこい。おれは先にいってる」

作造は不満そうな顔をしたが、同心の命令に逆らうわけにはいかない。

「へい」

といって駆けだした。

屍体は階段下の脱衣場に転がっていて、頭から流れ出た血が溜まりをつくっていた。

「だれも触ってねえな」

由良があたりを睥睨《へいげい》しながらいった。

関わりあいになりたくない、とでも思ったのか、湯屋の男湯にいた客のほとんどが姿を消していて、脱衣場に残っているのは老人が二人だけだった。

番台の老女は、伊太郎が階段から転がり落ちてきたあとは客を入れていない、といった。

「そいつの頭を殴りつけた番頭は、伊太郎の仲間が二階で見張っておりますよ」

「こいつは何者だ」

懐を検《あらた》めながら、番台の老女に由良が尋ねた。

「玖老勢の伊太郎といって、博奕打ちですがね。昼間はこの二階にいて、あたりが暗くなったらどこかの賭場に出かけるのか、午近くなってから戻ってくる、そんな暮らしがもう二年ほどつづいておりますねえ」

「どうやら強請もやっていたようだな」

由良は、伊太郎の懐から財布と、件《くだん》の書きつけをみつけていた。財布には三分と小銭が少々入っていて、生まれた日と伊太と記された書きつけが入っていた。

両親が書いたものか、玖老勢の伊太郎と名のっていたのなら、後年おのれで郎をつけたのかもしれない。住まいなどは記されていなかった。

由良は、

「だれも触らないように見張ってろ」

と、ついてきた三太に向かっていい、

「おめえはだれだ」

これも由良についてきた伊三を睨《にら》みつけた。

「湯屋の客です」

岡っ引きの吉治郎の手助けはしているが、由良と顔をあわせたことはない。

三太は知っているが、なにもいわなかった。

「こいつが殺されたとき、そばにいたのか」

「いえ……階下《した》の脱衣場にいました。番頭と二人にしてくれと伊太郎にいわれましたもので」

由良は、ふーんといい、

「おめえにもあとで話を聞くから、ここにいろ。姿を消すんじゃねえぞ」

といい残し、二階へあがっていった。

番台の老女は、

「触りゃあしませんよ、薄っ気味の悪い」

と独りごちた。

伊三と三太は顔を見合わせたが口は利かなかった。


二階にあがると、どこか崩れたような若者が両脇にたち、そいつらにみおろされるような格好で見憶えのある番頭が座っていた。

あの番頭はこんなに小さかったか、と由良が不思議がったほど小さくみえた。

由良が近づいてもうつむいたまま動かない。

由良は番頭のまえに腰をおろして胡座《あぐら》をかいた。

「玖老勢の伊太郎を殴り殺したのはおめえか、番頭」

由良は番頭の顎《あご》に手をやり、顔をあげさせた。

番頭は虚《うつ》ろな目をしていて、なにを尋ねられたのかわかっていないようだった。

「おれを憶えてるか、南の由良昌之助だ」

番頭はじっと由良の顔をみていたが、返辞はしなかった。

由良がいきなり番頭の頬を張った。

「しっかりしろ、狂人の真似をしようったって、そうは問屋が卸《おろ》さねえぞ」

番頭は左頬をおさえてきょとんとした。

「お役人さま……」

ようやく正気を取り戻したようで、まじまじと由良をみたあと、はっとしたように身を引いた。役人が目のまえにいる理由に思いあたったようだ。

「おめえが殴り殺したんだな」

立っている男の足元に血のついた大黒が落ちていた。

「たぶん、わたしがやったのでしょうが、よく憶えていないのです」

といって黙り、言葉の穂をついだ。

「でも、手に……」

といい、震える右手を差しだした。

「この手に、ぐしゃっという手応えが残っています」

「うむ。おまえが殺した、それはまちがいないようだが、なぜ殺したのだ。殺そうと思った理由はなんだ」

「理由はわかりますが、殺そうと思ったのかどうかは、よくわかりません。思わず、やってしまった、そんな気がします」

「わかった、では、殺した理由を聞こう。話せ」

「わたしが権多郎親分の帳面を書き写していたことが伊太郎さんにばれたからです」

　番頭は淡々と話した。

　由良は、この番頭はいまとんでもないことを口にした、と思った。感情を表にだしてひとにあたりまくる由良でも、それを顔にださないくらいの腹芸はこころえている。

「おい、おまえら、階下《した》におりていろ」

　見張っていた二人の若者にいった。

「一人で平気ですかい。こいつ、伊太の兄いを殴り殺してるんですぜ」

「町方役人を愚弄《ぐろう》するのか」

　由良が立ちあがり、詰め寄った。

「い、いえ、そんなことは」

　二人は顔を見合わせ、うなずくと階段をおりていった。

　由良は階段のおり口に立ち、二人が階下におりるのをたしかめた。

「もしかして、この書きつけは、権多郎の帳面に書かれていたものをそのまま写し取ったものなのか」

先ほど伊太郎の懐から取りだした書きつけを番頭にみせた。

由良は、伊太郎が知ったことを伊太郎自身が書き記したものだと考えていた。それなら内容は信用できない。

こういう書きつけをでっちあげて大店《おおだな》の主人を強請る事件はあとをたたない。だが書きつけの元が権多郎の帳面だとなると、話がちがってくる。

「はい。権多郎親分の帳面から、わたしが書き写したものにまちがいありません」

由良が不気味になるほど、番頭はすらすらと棒読みで答えた。

「書き写した書きつけはほかにもあったのだな。残りはどうした」

「たぶん燃えたと思います。釜の焚き口に投げこみましたから。その書きつけがなぜ伊太郎さんの手にあったのかはわかりません」

「書きつけをくべたとき、釜焚きはどうしていた」

「釜焚きは茂平というのですが、その爺さんがいて、燃やすなら、落とし紙にするからくれとかいっていました。ですがわたしは取りあわず、焚き口に放りこみました」

「燃えつきるまでそこにいたのか」

「燃えあがるのをたしかめてから、ここへ戻ってきました」

番頭は無表情で、言葉はどこか遠くから発せられているようで抑揚がなかった。

「権多郎の帳面を書き写したことで、なにかその内容を憶えてないか」

「書き写すことで権多郎親分をみくだしていたので、内容はどうでもよかったのです」

「憶えてないのか」

「なんとなく、どこかのだれかがなにか罪を犯しているとか、子どもの売り買いをしているとか、憶えているのはそんなことだけです」

由良は歯噛みをした。

番頭が憶えていれば、権多郎を殺した下手人にも辿《たど》りつけたものを、という考えもちらっと頭をかすめたが、由良の頭を占めているものの多くは、権多郎がおれに隠れてとんでもねえことをやっていた、という悔しさと憤《いきどお》りだった。

「権多郎め……おれを侮辱《ぶじょく》しおって」

由良は番頭を立たせたあと、刀の下緒《さげお》でうしろ手に手首を縛り、二人で階段をおりていった。

脱衣場には蘭方医の柴田玄庵もきていて、屍体の検分をおこなっていた。

奉行所の中間《ちゆうげん》が五、六人、外に立っているのが、暖簾の隙間からみえた。

「頭の骨が砕け、首の骨も折れている。首は階段を転がり落ちるときに折ったようだな」

玄庵がいった。

下手人が捕まり、殺しに使った得物《えもの》もみつかっているのなら、検視医の出番はなさそうだが、大番屋に運んでの検視は必要で、『見分書』も書かなければならない決まりだ。

「こいつに縄をかけて奉行所へ縛《しよ》っ引《ぴ》け」

三太に命じた由良は、暖簾をくぐって湯屋の外に出た。

「玄庵医師《せんせい》の検視が終わったら、屍体を大番屋へ運んでおけ」

外にいた中間にいいつけてから路地に入り、湯屋の裏手に廻った。

若い男が釜を焚いていた。

「おめえが茂平か」

若い男は煙そうな顔で由良をみたが、すぐ町方役人だとわかったようで立ちあがり、

「いえ、茂平爺さんが夏風邪で寝込んじまったもので、おれは代わりに……」

「茂平の住まいはわかるか」

「この裏の長屋です。腰高障子に茂平と書いてありますから、すぐわかります」

由良は礼もいわず、男が指し示した長屋に歩いていった。

棟割りが二棟ならんでいて、茂平と書かれた腰高障子は、右側の三番目にあった。

「邪魔するぜ」

声をかけて腰高障子をあけると、煎餅布団《せんべいぶとん》に寝て、紙のような布をかけているひとの姿が陽の光に浮かびあがった。

寝ていた人物が首をよじって由良をみた。が、由良が逆光だったので寝ていた男は顔をしかめ、目を細めた。しわだらけの顔に染みも浮いていた。とうに六十をすぎているだろう。

「だれだね」

咳《せき》をしながら爺さんが聞いた。

「南の番所の由良という者だ。ちょっと話が聞きてえ」

といったが、由良は土間に入らなかった。なにかが饐《す》えたような、吐き気のするにおいにも閉口したが、風邪を伝染《うつ》されるのも厭《いや》だった。

茂平は起きあがろうとした。

「そのままでいい、すぐすむ」

「そうですかい。ありがとう存じます。節々が痛みましてね、起きるのも辛《つら》いのでございますよ」

茂平はいわれるままに横になった。

「おめえが番頭の書きつけを焚き口から引っ張りだしたのはわかってる。いや、それを咎めるつもりはねえ。残りはどうしたのか、それが聞きてえだけだ」

「それなら……書きつけを持っていることが長屋の者に知られまして、仕方ねえからみんなに分けてやりました。七、八枚残っていたのですが、それも、先ほど見舞いにきてくれた伊太郎さんにやりましたので、もう一枚も残っておりません」

「そうか、邪魔したな」

由良はいって腰高障子を閉めた。

みると、井戸端で三人の女房連が野菜を洗っていた。

由良はそこへゆき、

「長屋にいる者をみんな集めてくれ、聞きてえことがある」

といって朱房《しゆぶさ》つきの十手《じつて》をみせた。

妊《みご》もっているらしい若い女房が、おまえを捕まえにきた、といわれでもしたかのようにびくっとして立ちあがり、

「どうすれば」

と聞いた。

「長屋にいる者をここに呼んでこい。茂平はいい」

「は、はい」

あとの女房二人も立ちあがり、長屋の住人を呼びにいった。

井戸端に集まってきたのは十二人で、なかには男も四人まざっていた。居職《いじよく》だろうか。

「おまえら、茂平に書きつけをもらったな。それをどうしたか話せ。まだ持ってる者はすぐ取ってこい」

集まった連中は顔を見合わせるだけで、だれも動こうとはしなかった。

「どうした」

「焚きつけや落とし紙にして、もう一枚も残ってませんぜ」

中年の、色の浅黒い男がいった。

みな、うなずいた。

「一枚も残ってねえのか」

「焦げた紙を四、五枚もらっただけですから」

初老の女がいった。枚数に不満があるようないいかただった。

「けつを拭いたらちょっと痛かった」

中年の女がいうとみなが笑った。

「おまえたちのなかに、字が読める者はいねえか」

字を読める者がいたら、書きつけを読んでいたかもしれない。

「そんな親不孝者はこの長屋にはいませんよ」

先ほどの中年女がいうと、またみんなが笑った。

「わかった、もういい」

由良は集まってもらった礼もいわず、長屋をあとにした。

「鋳掛屋でございます。底が擦りきれて穴の穿《あ》いた鍋釜はありませんか」

ずっと由良を尾行していた伊三が、まだ長屋の者が集まっている井戸端に歩いていった。

「あいつ知ってますよ。南の御番所の由良というのですが、威張り散らして、厭な奴でございますよ。なにかあったのですかい」

「なに、茂平爺さんからもらった書きつけがあったら持ってこいとかいってたな」

「書きつけって」

「なんだか知らないけど、もう焚きつけにしてとっくになくなっちまった」

伊三にはかまわず、みな、ぞろぞろと引きあげていった。

鋳掛けの商いはなさそうだった。

左右をみながら木戸門に向かって歩いていると、茂平と書かれた腰高障子が目に入った。

伊三は腰高障子をあけ、

「鋳掛屋でございい。なにか修繕するものはねえですかい」

と声をかけた。

「そろそろ仕舞いですから、安くしておきますよ」

「そうかい、それなら……」

煎餅布団に寝ていた老人が上半身を起こした。

五

南新堀町は問屋の町で、茶、紙、小麦粉、船具、水油、塩、酒、樽《たる》などの下り物を扱う問屋がずらりと軒をならべている。

酒問屋の津国屋多四郎方はそこそこの大店で、黒漆喰《くろしっくい》塗りの二階家だった。屋根のついた柱看板が立っている。

夕刻のせいもあるのか、店はひとの出入りが多く、かなり賑《にぎ》わっている。

藍色《あいいろ》の長暖簾が静かにぶらさがる暇もないほどだ。

捕り方を八人ほど連れた由良昌之助が、その暖簾をかきわけて津国屋に雪崩《なだ》れこむように入っていった。

「津国屋多四郎、ご用だ」

「なにごとでございますか」

大慌てで店先に出てきた津国屋多四郎は、その物々しさに驚き、立ち尽くしたが、その刹那《せつな》、うしろ手に縛りあげられていた。

「南の由良だ、神妙にしろ」

有無《うむ》をいわさず、引っ立てていった。

奉行所の牢《ろう》にひと晩放りこんでおけば、妾殺しなどすぐに吐くだろう。もしかすると、津国屋が権多郎を殺した下手人かもしれない。その可能性は大いにある、と大胆な飛躍をし、

「これで大手柄まちがいなしだ」

と、由良はほくそ笑みながら、奉行所の囚人置場に津国屋を押しこめた。

牢屋同心の一人が、

「岡っ引きの権多郎を殺した下手人ですか」

と由良に聞いた。

「まだわからぬが、まあ、それもありうるだろうな」

由良の返答を聞いた牢屋同心が、権多郎を殺した下手人を由良昌之助が捕らえたらしいという話を、大番所にいた知りあいの岡っ引きに話した。その噂《うわさ》はあっという間に広がり、奉行所に戻ってきた雁木百合郎も耳にした。

同心詰所にゆくと、中間や足軽を呼び集め、自慢話に花を咲かせている由良昌之助がいた。

同心仲間は一人もいなかった。

「権多郎殺しの下手人を捕まえたと聞いたのですが、ほんとうですか」

百合郎がいった。

「どうかな。そっちはなにをしていた」

「なにも手掛かりがないものですから、万年橋あたりの聞きこみを」

「だからおめえは補佐役にしかなれねえんだよ」

「牢にいる男と話してもいいですか」

「おれが話を聞くまえに話せるとでも思ってるのか。ほんとに頭が悪いな、おまえ」

百合郎は、由良の歯の二、三本もへし折ってやろうと思った。が、両親の顔を頭に浮かべ、かろうじて思いとどまった。

両親をいまさら根無し草にするわけにはゆかない。

筆頭同心の川添孫左衛門はまだ奉行所にいた。牢にいる男に由良が辿り着いた経緯《いきさつ》を聞くと、

「たれこみがあったらしいな。由良の使っているたれこみ屋の話だから、詳しく

聞こうとしても教えてはくれないだろうな」

といった。川添には玖老勢の伊太郎を殺した湯屋の番頭の話も耳に入っていたが、それと津国屋とを結びつけて考えてはいなかったため、話さなかった。

「そうですか」

由良がたれこみ屋を使っている話など、いままで聞いたことはない。また、たれこみ屋を使うだけの才覚が由良にあるとも思えなかった。

由良にどのような幸運が転がりこんだのだろう、と百合郎は気にかかったが、本人が口をひらかないかぎり、それを知るすべはない。

百合郎は退所届けを提出して奉行所の右脇門をくぐった。

あたりは薄暗くなっていたが、大番所に吉治郎と江依太がいて、

「岩井町の湯屋を張りこんでいる伊三から連絡《つなぎ》があったのですが、会ってもらえますか」

吉治郎がいった。

伊三は門番に文《ふみ》を託していて、由良が捕まえた人物について、会って話したいといってきていたのだ。

「よし、会おう」

鋳掛屋の伊三は、霊巌島《れいがんじま》にある吉治郎の住まいで待っていた。

家は一軒家だが、六畳二間と四畳半、それに四畳ほどの土間があり、建てて四十年にはなろうかという小さなものだった。むろん吉治郎が建てたものではなく、十年ほどまえ、吉治郎に命を救われた豪商の隠居が、妾家《しょうか》として使っていたものを安く譲ってくれたのだ。

そのころはまだ女房と娘の三人暮らしだったが、この家に住むようになって二年ほどたったころ、女房を病で亡くしている。

中年男の一人住まいにしては部屋はきれいに片づき、というより片づきすぎて、ひとの暮らしというものがあまり感じられなかった。

百合郎が吉治郎の家にきたのは久し振りのことだが、まえにきたときは、もう少し散らかっていたように憶えている。吉治郎の心になんらかの変化があったようだ。

初めてきた江依太は、もの珍しそうに部屋を見廻している。

家には灯《あか》りがともり、なにか旨《うま》そうなにおいが漂っていた。

「お久しぶりでございます」

鉄鍋でなにかを煮ていた伊三が立ちあがり、深く腰を折った。

伊三と会うのは三か月振りであった。

「ありあわせのものを使って拵《こしら》えたものですが、よろしかったらどうぞ」

鉄鍋から、椀に雑炊《ぞうすい》をよそってくれた。

塩味で、土筆《つくし》を刻んだものに、鯵《あじ》のひらきをほぐしたものが混ぜこんであった。生の三つ葉芹《せり》がのっていて、かすかにおろし生姜《しょうが》の味がした。

「……旨い」

江依太がいった。

「こいつは器用でしてね」

吉治郎がいった。

「食いながら聞こうか」

百合郎がいった。

伊三は、番頭が玖老勢の伊太郎を殴り殺した話から、権多郎の帳面を貸箱から引っ張りだして書き写していたこと、その書きつけを湯屋の釜の焚き口にくべたこと、燃えている書きつけを釜焚きの茂平爺さんが引っ張りだして長屋に持ち帰ったらしいこと、伊太郎が見舞いにきて、書きつけを持っていったこと、茂平爺さんが持ち帰った書きつけを、由良が長屋の住人を集めて探していたこと、などを話した。

由良と番頭の話は、階段のあがり口に身を隠し、三太といっしょにすべて聞いていたのだという。

医者の玄庵はみてみぬ振りをしてくれたし、三太の連れの作造は、三太に睨まれ、黙っていた。

「茂平がすぐ届け出てくれればなあ」

吉治郎がいった。

「字が読めねえのですよ。それで落とし紙にでもしようと、番頭がいなくなってから慌てて引っ張りだし、足で踏んで火を消したとかいっておりました」

「伊太郎が番頭に殺されたのは、由良にとっては幸運だったというわけか」

「親分に知らせたかったのですが、どこにおられるかわからなかったものですから」

伊三が恐縮したようにいって頭をさげた。

「気にするな。すべてがうまくゆくわけじゃねえよ」

「ちょっと気になることがあるのですが、茂平爺さんの話では、伊太郎が見舞いにきたとき、書きつけはまだ七、八枚重ねてあったというのです。それがすべてなくなっていました」
伊三がいった。
「伊太郎が持っていったんだな」
玖老勢の伊太郎が魔羅を曝《さら》して将棋を差していたことを百合郎は思いだしてい
た。吉治郎も江依太も思いだしたようだ。
「あっしもそう思いますが、死んだ伊太郎の懐に入っていた書きつけは一枚だけ
だったのですよ。残りの六、七枚はどうしたのだろうか、と思いまして」
「伊太郎の住まいは知ってるのか」
「いえ、昼間はほとんど湯屋の二階にいて、あたりが薄暗くなるとふらっと出か
けて戻ってくるのは昼四つ刻あたりでした。仲間の話によると、方々の賭場に入
り浸っているとか。もしかすると、住まいらしい住まいはなかったのではないか
と」
「すると、消えた書きつけを探す手掛かりはまったくないというわけだな」
百合郎がいった。
「銭になりそうなのは一枚だけで、あとは役に立ちそうにないから伊太郎が捨て

た、とも考えられますね」

　江依太がいった。

「そうであってくれることを願うしかねえな」

　もしも伊太郎がどこかに隠していて、それを悪党が偶然みつけたとなると、それで脅迫される者が出てくるかもしれないし、書きつけの内容や脅しようによっては、人殺しが起こらないともかぎらない。

「これからどうしやすか」

「由良が捕まえた津国屋がどうなるのか、その結果次第だな」

　由良がいっているように、権多郎を殺したのが津国屋だとすれば、あとは吟味《ぎんみ》与力が白状させるだろう。


　その津国屋だが、次の日の夕刻、あっさりと放免された。

　津国屋が妾を殺したらしい、という話をたれこみ屋から聞いたというだけで、なんの手証もなかったからだという。

　百合郎は、さもありなん、と思っただけだった。

　由良昌之助は、岩井町の湯屋の番頭が、権多郎の帳面から書き写した書きつけをみていた。

『津国屋多四郎
　妾殺し
　埋めた場所は……』

たれこみ屋から聞いた話としてではなく、この書きつけを奉行にみせてもよかったのだが、これはあくまでも「写し」であって、権多郎が書いたものではないし、この文面からでは、妾の屍体を掘り起こして津国屋に突きつけ、さっさと白状しろ、と迫るわけにもいかない。

　由良は、おのれが甘かったとは考えず、

「津国屋め……案外強情だった」

と考えた。だが、いつかは尻尾をだすにちがいないと思い、三太と作造を津国屋に張りつかせている。

　由良は書きつけをたたみ、懐におさめた。

　妾殺しで権多郎から脅迫を受けていたのなら、権多郎殺しにも関わっている可能性は高い。おのれの手を汚さなくても、できるだけ残虐に殺してくれ、とだれかに頼んだかもしれないのだ。

残虐に、というのは、津国屋を強請った身の程知らずに与えられる天誅《てんちゅう》だったのだろう。

由良昌之助は、どこから湧きあがってくるのかわからない苛立ちと怒りを胸に、数寄屋橋をわたっていった。

第三章　刺客たち

一

なんの動きもないまま、なにもつかめないまま三日がすぎた。

由良昌之助はなにかを探っているようだが、百合郎にはなにも教えてくれなかった。

吉治郎と江依太は、権多郎が贔屓《ひいき》にしていたと三太から聞いた、黒門町《くろもんちょう》の煙草屋《たばこや》『倉田屋《くらたや》』にも足を運んでみたが、

「たしかに権多郎親分には贔屓にしていただいておりましたが……」

権多郎がおのれのことを語ったことは一度もない、といった。

「権多郎親分が岡っ引きだとは知っていましたが、世間話さえなさいませんでしたので、それ以外のことは、独り身なのか、どこにお住まいなのか、なにも存じ

あげません」

権多郎殺しや、もしやすると権多郎がほかの場所に隠しているかもしれない帳面の話など、『倉田屋』に問うだけ無駄に思えた。


「まちがった場所で探しものをしてるようで、どうもしっくりこねえのですが」

百合郎の屋敷で夕飯を食いながら江依太がぽつりといった。

江依太は、腹を抉《えぐ》られた権多郎の屍体をみたときから、どうも屍体が冷たい、などと奇妙なことを口走っていたが、それがまだ頭に引っかかっているらしい。

江依太の閃《ひらめ》きでなにも手証はない、といえばそれまでだが、江依太の閃きのたしかさは、百合郎も幾度も経験している。一笑にふすわけにもいかないのだ。

「それに……」

「それに、なんだ」

百合郎が聞いた。

「玄庵医師《せんせい》がおっしゃった、愉《たの》しみでひとを殺す奴が、この江戸にいるのかもしれない、という言葉とも相まって……」

「またまたとんでもねえ突飛なことを」

吉治郎が渋い顔をしていった。

たまには飯でも食っていけ、と百合郎に誘われた吉治郎も、彦兵衛の酒の相手をしていた。

百合郎も酒は呑むが、いくら呑んでも酔わないので、よほどのことがないかぎり、呑むのをやめている。

「いや、突飛と簡単には片づけぬほうがよいぞ。わしが本勤並みになったころに出会った下手人《げしゅにん》は、手にかける相手の、恐怖に引きつった顔がみたくて次々に殺していった、と白状しておった」

「引きつった顔ですかい」

吉治郎がいった。

「その者は三十代だったのだが、貧しい生まれで読み書きもできず、その歳になるまでずっとまわりに莫迦《ばか》にされてきたといっておった。殺す相手が恐怖で引きつった顔をすると、おれがこいつの命綱を握っている。生かすも殺すもおれの手のなかにある、と考えて嬉《うれ》しくなり、偉くなったような気がした。それでやめられなくなったようだな。つまり、殺す相手を人間だとは思っていない。獲物だと考えておるのだ。世のなかには、そういう奴もおるのだから、愉しみで人殺しをする者がいても不思議ではないのではないかな」

彦兵衛はふと言葉をきり、溜息をついてから話の穂をついだ。

「ひとならだれしも、頭の三つある蛇《へび》を心のなかに飼っているというではないか」

蛇の三つの頭とは『情欲』と『正義』と『悪意』とを示す。

「世のなかの闇には、常人の考えも及ばねえ化けものが、じっと潜んでいるってわけですね」

吉治郎は背筋が寒くなった。岡っ引きになってすでに長いが、幸いなことに吉治郎は化けもののような人物に出会ったことはまだない。どんな下手人でも、吉治郎の理解の範疇《はんちゅう》の者たちだった。

「万にひとつ、おまえたちが相手にしている下手人がそういう人物なら、たとえ相手が役人であろうとも、ひとを殺すことに躊躇《ためら》いはないはずだから、充分注意して動きまわることだ。これは決して大げさな忠告ではないぞ」

彦兵衛はおのれの言葉を聞いて急に心配になったようで、江依太にちらっと目をやった。

江依太はおのれの撒《ま》いた種から、奇妙な芽が伸びはじめてきたことをやや後悔していた。だが、話しているうちに、この考えは正鵠《せいこく》を得ているかもしれないと思うようにもなってきていた。

吉治郎が帰るというので、

「送ろう、どうも胸騒ぎがして仕方がねえ」

いって百合郎も立ちあがった。

「あっしの住まいは目と鼻の先ですぜ。なあに、ご心配には及びませんや」

吉治郎の住まいは霊巌島で、百合郎の屋敷からは四町（おおよそ四百四十メートル）もない。根際といってもいい道程《みちのり》だ。

「まあ、おれの気のすむようにさせろ」

「そういうことでしたら」

苦笑いを浮かべながら吉治郎は木戸門をくぐろうとした。咄嗟《とっさ》に腕をつかまれ、庭に引き戻された。あまりの力の強さに、吉治郎は庭に尻餅《しりもち》をついてしまった。

「そこを動くな、吉治郎」

いいおいて百合郎は木戸門をくぐり、ばたんと扉を閉めた。

「先ほどからかすかに感じていた胸騒ぎは、おぬしの殺気だったのだな」

木戸門脇に黒い影が立っていた。背が高く、やや猫背だった。

その影が、闇のなかから月明かりの場所にふらっと出てきた。顔色が悪く、伸ばした月代《さかやき》が左目を隠すように垂れている。百合郎を睨《にら》みつけた黒目が、これでものがみえるのか、と思われるほど小さい。

「南町奉行所同心、雁木百合郎か」

男がいった。高く澄んだ声だった。

百合郎は知らないが、男は、香具師《やし》の元締め、砂ケ瀬の六郎兵衛の用心棒、岩槻弥九朗だった。

岩槻は、奉行所役人を殺すことなど屁とも思わない浪人なら腐るほど知っているが、

――待てよ――。

と考えた。役人を一人始末して百両なら悪くない。しかも、多人数の刺客が必要なら二百両まではだしてもいい、と葬式屋の善七はいっていた。それなら、一人で鬼瓦を殺せば、あの吝《しわ》い者の六郎兵衛が五十両の手数料を取るにしても、百五十両くらいにはなるのではないか。

六郎兵衛から用心棒代にもらっているのは月に十両ほどだが、四六時中六郎兵衛に張りついている用心棒にも飽きがきていた。

ここ二年ほどは、博奕《ばくち》はおろか女遊びもしていない。用心棒稼業もそろそろ身の納めどきだろう。それなら知りあいの浪人に任せず、――おれの手で仕留めたほうが手っ取り早い――。

金をつかんだあとは、箱根《はこね》にでもいって骨休めをし、そのまま上方《かみがた》に住まいを移せば奉行所の手が及ぶこともあるまい、と考えたのだ。

いざとなったら刀を売ればいい。

刀蒐集家《しゆうしゆうか》の凌霄《のうぜん》なら、岩槻家伝来の「景政《かげまさ》」に八百両の値をつけてくれた。八百両ならいつでも約束されている、ということだ。

「おれに用か」

百合郎がいった。

「顔を貸せ」

男が踵《きびす》を返した。その背中には一分の隙もなかった。

「ここでいいだろう」

男が立ちどまっていった。そこは越前堀《えちぜんぼり》から引きこまれた細い掘割で、両岸が河岸地になっていた。北側は与作屋敷《よさくやしき》跡地で、伸びた夏草が月明かりに反射して薄緑に輝いている。

「名を聞いておこうか」

百合郎がいうと、ややおさまっていた男の殺気がぶわっと膨《ふく》らんだ。

百合郎は瞬時、突風に吹かれたかのように体を押された。と感じたとき、男は腰を落として刀を抜き放ち、そのまま斬《き》りあげてきた。

百合郎は半分抜いた刀で男の刃《やいば》を受け、そのまま左足を引いて相手の力を逃がした。

闘っているあいだに男を雇った人物の手掛かりを引きだそうと、百合郎は考えていた。だが、抜き打ちの一撃でそのような余裕は吹っ飛んだ。

抜きかけた刀で相手の刃をとめられたのは、偶然、といってもよかった。

あるいは幸運か奇跡か。

男が左足を引き、右頭上で刃を返しながら袈裟懸《けさが》けに斬りおろしてきた。

百合郎は飛び退きながら正眼にかまえた。着地した刹那《せつな》、

「むん」

男が百合郎の胸を目掛けて突いてきた。

切尖《きっさき》。

胸元から一寸。

百合郎はうしろに転んでよけた。

草叢《くさむら》のなか、横に二度転び、素早く立ちあがった。そのとき、真横に薙《な》いだ刃が右から襲ってきた。それを刃で受けとめ、右に廻りこんで右肩を男の肩口に打ちあてた。

細身の男がややよろめいた。

その一弾指《いちだんし》、百合郎が斬りこんだ。が、男が素早く二歩後退《あとずさ》り、正眼にかまえた。

百合郎も正眼にかまえた。

たがいの切尖がぶつかり、かちかちと小さな音を立てた。

男が頭を振り、左目を隠した髪を払いのけた。ふたつの目がみえると、人相が一変した。獣のような顔つきになったのだが、前髪がまた落ちてきて、左目を隠すと、ふたたびひとの顔に戻った。

獣の面構《つらがま》えになったとき、こいつは少なくとも五人は斬り殺している、とわかった。根っからの刺客だ。

たがいに動かなかった。

百合郎は肩で息をしていた。

男の肩は微動だにしていなかった。

男が息を吐いた。

くる。

男が気合いとともにすっと切尖をあげ、つつっと二歩踏みこみ、そのまま斬りおろしてきた。

百合郎は刃で受けた。

同心の刀は切尖三寸を残し、鯉口《こいぐち》まで刃引きがしてある。鎬《しのぎ》で受けなかったからといって、刃毀《はこぼ》れの心配はない。だが、相手の刀はそうはいかなかったようで、火花が散り、鉄の焼けるようなにおいがあたりに漂った。

男が左に廻りこみ、刀を右に寝かせて引き抜きざま左に払った。百合郎も左に廻りこみ、男の首に刀を振りおろした。男は刀を返し、右上に払った。百合郎の刀が右横に流れた。百合郎は腰を落とし、その態勢から左に薙いだ。

切尖が男の懐《ふところ》あたりをとらえ、小袖《こそで》にわずかなきれめをつけた。

男は一歩飛び退り、小袖のきれめに目を落とした。

驚いた顔をしている。

刺客稼業でおのれが傷ついたことはないのかもしれない。

男の顔が怒りに包まれ、まえにも増して強い殺気が迸《ほとばし》った。

男は刀を八双《はっそう》にかまえ、左下に斬りおろしながら百合郎の右を斬り抜けようとした。

錯乱したような男の怒気がわずかな隙をつくった。

百合郎は一瞬速く右車のかまえから左上に刀を振りながら、男の右脇を斬り抜けた。

百合郎の羽織の袖が斬られ、宙に舞った。

刀を持つ百合郎の手の甲に血が流れ落ちた。

だが百合郎は、斬り抜けた格好のまま動かなかった。相手の脇腹を深く抉《えぐ》った手応えを覚えていたからだ。

男が呻《うめ》き、草叢にたおれる音を聞いた。

百合郎は振り向き、血刀を提《さ》げたまま男の脇に立った。

「だれに雇われた、雇い主の名をいえ」

「雇い主の名は知らぬ。だがおぬしは、これから次々と刺客たちに襲われることになる。おれがそう手配したのだ。冗談のつもりで、おれが殺されたらそうするように……と」

男は不思議そうな顔をして話の穂をついだ。

「しかし……斬られても痛くないとはな……初めて知った」

といい、血の噴き出ている腹の傷を触った。その手がだらっと地面に落ち、息絶えた。

血だけがまだどくどくと流れている。

浪人にみえるが、名も、素性《すじよう》もわからない。

百合郎は血刀に拭《ぬぐ》いをかけて納刀し、屍体の脇に屈《かが》みこんだ。

「旦那《だんな》……」

吉治郎がそばにきて屍体を覗《のぞ》いた。

「自身番で提灯《ちようちん》を誂《あつら》えてきてくれ」

屋敷の近所で、すぐ近くに竹島町《たけしまちよう》の自身番があるのを知っていた。

「へい」

百合郎が腕の傷の手当てをしていると、提灯を手にした吉治郎が戻ってきて、屍体を照らした。

自身番の番人二人が戸板を運んできていた。

「名か、素性を話しましたか」

「どこのだれが狙っているのか、相手も理由もわからねえが、どうやらおれは刺客の的になったらしいぜ。またひとつ厄介《やっかい》ごとを背負《しょ》いこんじまったようだ」

同心を邪魔者扱いする人物は多いが、相手がわからないのでは手の打ちようがない。

血だらけの襟《えり》をひらいて懐のなかをあらためた。小判が五枚ほどと小銭が入った財布があったが、身元がわかる書きつけのようなものはなかった。

手を血だらけにして懐や袂《たもと》を探ったが、ほかにはなにも身につけていなかった。

これでは身元を洗いだせるものはなにもないと思ったとき、男が死んだまま握っている刀に目がいった。

あれだけ遣《や》りあったので刃毀れしていると独り合点していたが、それがない。

これはかなりな名刀ではないか。

この男は、小袖をわずかに傷つけられたことで激怒し、それが墓穴を掘ることになった。それは刺客としての誇りを傷つけられたことによるものだったのではないか。それだけの誇りがあるのなら、ひとを殺す道具にも凝《こ》っていたのかもしれぬ、と百合郎は考えた。

百合郎は、男の握りしめた指を一本ずつ剝《は》がし、刀を手にした。

目釘《めくぎ》を抜き、柄《つか》から刀を抜いた。

中茎《なかご》には『備州長船景政《びしゆうおさふね》』ときられていた。景政は進士三郎右衛門尉《しんじさぶろうえもんのじよう》と称したとされる人物で、鎌倉時代後期の刀匠《とうしよう》だ。景政の打った刀は上々作とされ、名だけなら百合郎も知っている。

「値打ちのある刀なんですかい」

「千両とまではいくめえが、それに近い」

「そんなに……それなら、刀屋か研師《とぎし》をあたればこの男の身元がわかるかもしれませんね。江戸には、名の知れた刀脇差拵所《こしらえどころ》は四軒しかありませんから」

「そう願いたいもんだ」

男の身元がわかれば、次々に襲ってくるという刺客をとめることができるかもしれない。死んで横たわっている男のような凄腕《すごうで》の刺客が襲ってくるとなれば、死を覚悟しなければならない。きょうのような幸運に恵まれることは二度とないだろうからだ。

　百合郎は中茎を柄に戻し、目釘を打った。

　男の腰から鞘《さや》を抜き、それに景政を納めた。

「この男を自身番でひと晩あずかってくれ。明日の朝、大番屋へ運んだあと検視医にみせるから」

　この男に女房や子はいない、と思ったがたしかではない。あの目つきが、女と所帯をもつ者の目つきとは思えなかった、それだけのことだ。

「承知しました」

　番人の二人が屍体を戸板にのせ、運び去った。

「送ろう」

「へい、ありがとう存じます」

「やけに素直だな」

「雁木の旦那がついていてくださらなければ、いまごろ、あの戸板にのっていたのはあっしの骸《むくろ》ですから」

　と吉治郎はいい、頭をさげた。

　百合郎が屋敷に戻ってきたのは夜中をすぎていた。

江依太と父は寝ていたが、母のひでは起きて待っていてくれた。

「遅いから心配しましたよ」

「ご心配をおかけして申しわけありません。ちょいと吉治郎と話しこんでしまいまして」

母は百合郎の手にある刀にちらっと目をくれたが、なにも尋《たず》ねなかった。

二

葬式屋の善七は、奉行所役人の雁木百合郎と岩槻弥九朗の決闘をみていた。岩槻に、

「おれが役人を殺すところを目に焼きつけ、おまえの雇い主に二百両だすように交渉しろ」

といわれていたのだが、まさか、あの凄腕の岩槻浪人が役人風情《ふぜい》に斬り殺されるとは、思ってもみなかった。

遠くからみていたのは、役人につき添いでもいて顔をみられるのは拙《まず》い、と考えたからだったのだが、それが幸いした。

やはりというべきか、岩槻浪人を役人が斬り殺したあと、どこからともなく岡っ引きらしいのが姿を現した。

雁木という奉行所役人が斬り殺されていたとしても、岡っ引きに顔を憶えられればお手配書がまわり、下手《へた》を打つと島送りではすまなかったかもしれない。

善七は肩をすくめて首を撫《な》で、いま目にしたことを知らせるべく、浅草田原町《あさくさたわらまち》に足を向けた。

「殺された岩槻さまが砂ケ瀬の元締めの用心棒だったことはやがて発覚するだろう。そうなると、元締めのところにも探索の手が伸びる……」

そのとき、元締めはおれのことを役人に売るだろうか。

善七は考えた。

あれだけ昵懇《じっこん》にしてくださる元締めだが、本心はおのれだけが可愛いと考えておられるお方だ。追い詰められなくても、おれを悪党に仕立てて役人に引きわたすにちがいない。

そうなると、おれは役人殺しを仲介した廉《かど》で獄門首《ごくもんくび》だろう。

善七は、岩槻殺しを六郎兵衛に伝えたあと、その足で上方にでも逃げようと決心した。このまま逃げようとも考えたが、香具師たちは全国につながりを持っている。どこへ逃げてもすぐにみつけだされるだろう。みつかれば、裏切り者として処分される。処分とはつまり、腕をきり落とされるか、最悪、殺される。

幸いなことにというべきか、善七の女房は男を作って逃げ、子はいなかったので、いまは独り身だった。両親もすでに亡くなっている。

翌朝。

夜の見廻りで屍体をみつけたとだけ、筆頭同心の川添孫左衛門に報告した百合郎は、検視の手配をした。

浪人同士の斬りあいは珍しいことではないし、浪人に関わる事件には奉行所もあまり関心をしめさない。

川添も、

「そうか、身寄りが届けてこないのなら、無縁墓地にでも葬《ほうむ》ってやれ」

といっただけで、興味はなさそうだった。

夜の見廻りも本来は許されていないが、権多郎殺しの一件がまったく進展をみせないこともあってか、川添はそのことにも言及しなかった。

刀脇差拵所『岩崎屋卯兵衛《いわさきやうへえ》』方は二階家で、京橋《きようばし》にあった。そこは奉行所にも近く、百合郎も主人《あるじ》を知っていた。

店先にいた主人は、暖簾《のれん》を分けて入ってきた百合郎に目を向け、おや、というような顔をした。歳は六十代の前半。薄くなった髪で小さな髷《まげ》を結っている。顔には染みが浮き、深いしわも刻まれているが、目を細めてひとをみると大黒さまのようなふくよかな顔になる。

「雁木さま、これはおめずらしい」

といって江依太に目を向けた。そのあと吉治郎に目を向け、頭をさげた。吉治郎とは顔見知りだ。

この店に江依太を連れてきたのは初めてのことだ。江依太には昨夜のできごとを話してあった。

刀の拵えにはあまり興味のない百合郎は、こういうお店《たな》に頻繁《ひんぱん》に顔をだすこともない。

刀はある程度刃が鋭く、頑丈であればそれでいいと百合郎は思っている。したがっていま佩《は》いている刀も、一般には『段平《だんびら》』として知られる幅広の剛刀だが、銘《めい》などはない。

「ご用の筋なのだ」

「わたしどもがなにか」

「いやそうじゃねえ。この刀の持ち主が知りてえのだが、あんたならわかるんじゃねえかと思ってな」

百合郎が手にしていた景政を差しだした。景政はどこにでもあるような刀袋に納められ、口紐《くちひも》で結ばれている。

「拝見つかまつります」

受け取った主人が慣れた手つきで目釘を抜き、中茎に彫ってある刀匠銘をたしかめた。

「これは……」

といい、中茎を柄に納めて目釘を打ち、口に半紙を咥《くわ》えてから刀を抜いた。しばらくみつめていたが、やがて元の鞘に戻し、膝のまえにおいた。

「この刀に見憶えはございませんが、まちがいなく景政の作とみました。ここしばらく研ぎにだしたようすはありません。しかし手入れはゆき届いておりますな。鎬に小さな傷がついておりますが、これは真新しゅうございます」

それは昨夜百合郎がつけたものだが、それをいうつもりはなかった。

「だれか、この刀の持ち主を知ってそうなご仁《じん》に心あたりはねえか。これほどの名刀ともなると、蒐集家の耳に届いていてもおかしくねえと思うのだが」

「それでしたら、あのお方が……よろしければこれからご一緒いたしましょう。住まいは深川《ふかがわ》でございますが、わたくしもしばらく顔をみせていませんので……」

あのお方というのはさる豪商の隠居で、名は凌霄《のうぜん》。刀剣の蒐集家のあいだでは知られた人物だと、岩崎屋卯兵衛が道々話してくれた。


凌霄の隠居所は、深川島田町の林に栫《かこ》まれた場所に隠れるように建っていた。平家だが贅沢《ぜいたく》な造りでかなり広く、庭もゆったりとしていた。石灯籠《いしどうろう》が三基立っていて、濡れ縁のすぐそばまできている池には大きな鯉が群をなして泳いでいる。

「岩崎屋卯兵衛さんが、刀をみてほしいといっておいでございますが」

取り次いだ奉公人に、

「そうか、ここにとおしておくれ」

凌霄が無表情でいった。凌霄は六十代後半のずんぐりした男で、白い髪がふさふさとしているが、目には衰えがきていて、眼鏡《めがね》をかけなければ細かい文字は読めない。

いまも、刀に関する書物に目をとおしているところだった。

「あの……」

「うん」

凌霄が目をあげた。

「お役人さまをお連れなのでございますが」

「役人」

凌霄はしばらく考え、

「とおしてもかまわないよ」

といった。

奉公人が、はい、といってさがっていった。

役人を煙たがらなければならないような覚えは、凌霄にはない。

「どうも、凌霄さま、ご無沙汰《ぶさた》いたしております」

岩崎屋が伴ってきたのは大柄の背の高い男で、厳《いか》つい顔をしていた。凌霄がこの役人の顔から受けた印象は、一本気で頑固そうだというものだった。

凌霄は、腹になにかを隠し持っているような人物より、こういう男に好感をもっている。気があいそうだと直感した。

「どうぞお座りください」

凌霄が促すと、二人が座った。

吉治郎と江依太は玄関の外で待っている。岡っ引きを家にあげるのを嫌う者もいると知っている吉治郎からいいだしたことだった。

「おれは南の雁木百合郎という。まわりっくどい挨拶《あいさつ》は抜きにして聞くが、この刀の持ち主に心あたりはねえか」

百合郎が刀袋に納められた景政を差しだした。

「拝見」

凌霄はうやうやしく両手で受け取り、袋から刀を取りだした。懐紙《かいし》を口に咥え、鞘から抜いた。じっとみつめているその目が、輝いた。

柄から中茎を取りだして光にかざし、作者の銘をみた。

中茎を元どおりにして刀を鞘に納めた。

「これの持ち主はいかがなされたのでございますか」

刀だけが持ちこまれたので訝《いぶか》ったようだ。

「昨夜おれを襲ってきたので、斬った。仲間がいるとかいっていたので、身元を知りたいのだ。仲間に闇討ちにでもされたらかなわねえ」

百合郎がいった。この人物には腹芸はつうじない、とみて取ったのだ。とはいえ百合郎も腹芸ができるような人物ではない。それができていれば、もう少しうまく世間を泳げるだろうに、と思うこともあるが、一直線莫迦に生まれついたものは変えようがない。

「なるほど。この景政の持ち主は、岩槻弥九朗さまとおっしゃるご浪人でございます。住まいは存じあげませんが、このところ、香具師の元締め、砂ケ瀬の六郎兵衛親分の用心棒をなさっておいでだとか、いや、おいでだった、ですかな、そのように聞きました」

凌霄は景政を袋にしまいながら、

「この刀はどうなるのでございますかな」

と、百合郎に尋ねた。

岩槻に襲われ、斬り殺したのが百合郎だとわかれば、手柄として、相手の刀は百合郎に譲られるかもしれない。それが奉行所の慣習だからだが、たんに屍体をみつけただけと報告したので、それを望むのは無理だろうし、景政が欲しいとも思わなかった。手に入ったとしても、簞笥《たんす》の奥に放りこんで錆《さ》びさせるだけだ。刃引きをして普段差しにするには軽すぎる。

「奉行所で保管するんじゃねえかな。おれもよくは知らねえけど」

「そこで錆び、人知れず朽《く》ちていくわけですか、勿体《もったい》ないにもほどがある」

凌霄の顔にかすかな怒りが浮かんだが、すぐ消えた。

「岩槻とはどうやって知りあったのだ」

「刀を鑑定してほしいといって、ここにおいでになりました。だれからかわたしのことをお聞きになったとかで」

そのとき、景政を八百両で売らないか、ともちかけたが、

「食えなくなったら考えてみよう」

といい、鑑定の結果に満足して帰っていったのだという。

百合郎は邪魔をしたことを詫《わ》び、凌霄の隠居所を辞した。


「砂ケ瀬の六郎兵衛という人物の名が出たのだが、知ってるか」

凌霄の隠居所の門前で待っていた吉治郎に尋ねた。吉治郎はひところ裏者としての暮らしも経験していて、なかなか顔が広い。

「砂ケ瀬の元締めがどう関わってくるのでございますか」

なにかわだかまりがあるようなようすで吉治郎がいった。

「おれが斬り殺したのは、どうやら六郎兵衛の用心棒だったらしいのだ」

「えっ、砂ケ瀬の元締めの……」

驚いた顔で百合郎をみあげた。

「知っているようだな」

「ええ、まあ……」

と、なぜか言葉を濁《にご》した。百合郎がまちがっていると思えば意見もする。そのような吉治郎には珍しいことだった。

「どうした」

「へい……」

しばらく黙り、やがて、

「あっしがまだ十七、八のころのことですが、砂ケ瀬の先代に厄介になっておったのです。しかし礼儀知らずにも、露天商がつまらなくて、元締めに黙って逃げだしてしまいまして、それっきり、無沙汰を……」

と、声を落としていった。

江依太が興味深そうな顔をして吉治郎をみている。

「二代目の砂ケ瀬の元締めは、あっしとお会いになってもあまりいい顔はなさらねえのではと……」

「会いたくねえなら、住まいだけ教えろ。おれと江依太で訪ねてみる」

吉治郎はしばらく迷っていたようだったが、

「いえ、先も短《みじけ》えのですから、そろそろ決着をつけろという神か仏の思《おぼ》し召しでしょう」

といって苦笑いを浮かべ、

「住まいは浅草の田原町です」

といい、先に歩きはじめた。

先が短いとか、先がないとか、吉治郎の口から近ごろよく洩れるようになった言葉だが、どこか具合でも悪いのだろうか、と百合郎は訝った。だが尋ねはしなかった。大した理由はない。聞いてもほんとうのことは話さないだろうし、話すべきときがきたら、吉治郎から打ちあけてくれるだろう、と考えたからだ。

「まあ待て吉治郎、昼飯を食ってからだ」

『さらしな』と暖簾に書かれた蕎麦屋《そばや》が汐見橋《しおみばし》の近くにあった。

午時《ひる》分で、木場で働く人足たちでごった返していた。

ほかを探そうかとあたりに目を配ったとき、人足らしい五人組が店から出てきて、席が空いた。

「二代目の砂ケ瀬の噂《うわさ》は聞いてるか」

小あがりの席につき、天麩羅《てんぷら》蕎麦を三杯注文した百合郎が聞いた。

「へい、噂だけなら」

「どんな人物だ」

「先代に負けず、豪胆で気配りのゆき届いたお方だと」

といって吉治郎はやや考え、

「あっしが逃げだしたころは三十そこそこにおなりだったはずですが、豪胆というより、香具師の元締めを継ぐにはやや頼りない、という印象でした。あ、いや、露天商稼業が勤まらずに逃げだしたあっしが口にできるようなことではありやせんが」

と口にしたあと吉治郎は、先代が亡くなって二代目を継いだあと、鍛えられたのでしょうねえ、としみじみいった。

逃げださずにいれば、二代目の右腕になっていたかもしれない、と百合郎は思ったが、口にはしなかった。

汗みずくで働く人足の舌にあわせてあるようで、蕎麦は味が濃かった。

汐見橋のたもとに船宿があった。そこで舟を誂え、大横川《おおよこがわ》から大川に出てそれを横断し、竹町《たけちょう》の渡しの舟着き場に舟を着けさせた。

砂ケ瀬の六郎兵衛の住まいは古い二階家だったが暖簾などは出ておらず、表に打ち水はしてあるが、そこが香具師の元締めの住まいとわかるようなものはなにもない。

住まいのまえは新道《しんみち》でひっそりしているが、ななめ向かいに女郎屋があった。

「ごめんくださいまし」

舟に揺られながら決心したようで、吉治郎の声に迷いも恐れもなかった。

若者が玄関に現れ、百合郎たちを睨みつけた。奉行所役人と岡っ引きだとすぐわかったはずだが、なにもいわずに突っ立って江依太に目をやっている。

佇《たたず》まいがどこか卑《いや》しく、目つきにも狂暴ななにかが宿っていたが、江依太は平然とみつめ返していた。

「南の雁木がきたと、砂ケ瀬に伝えてくれ」

若者は百合郎に目を移し、百合郎が手にしている刀袋にも目をとめ、めんどくさそうな顔をした。が、やがて暗い廊下を奥に消えた。

しばらく待ってもだれも出てこなかった。

「巫山戯《ふざけ》やがって」

吉治郎が雪踏《せった》を脱ぎ、玄関にあがろうとした。そのとき江依太が、

「そんなとこに火をつけるな。わあああ、やめろ、火事になるぞ」

と大声で叫んだ。

「なにしてる」

廊下の奥から慌てたように三人の若者が駆けだしてきた。玄関まできたが、なにごともないのをみて啞然《あぜん》としている。

「砂ケ瀬の六郎兵衛には、役人に会えねえ、うしろ暗《ぐれ》えことでもあるのか」

百合郎が大声でいった。途端、

「あがってもらえ」

廊下の奥から低い嗄《しわが》れた声が聞こえた。

三人のなかでも気の利いたふうの男が頭をさげた。

「どうぞ」

百合郎は雪踏を脱いで裾《すそ》を叩き、吉治郎は裾をからげていたのでそのままあがった。江依太は雪踏を脱いだ足を手拭いで拭いてから玄関にあがり、二人のあと

を追った。

砂ケ瀬の居間は十畳ほどで、床の間には鎧兜《よろいかぶと》が飾ってあり、『神農黄帝』と墨書された、古い軸が掛かっていた。

火の入っていない、黒檀《こくたん》の長火鉢のまえにどっしりと座っていたのは六十前後と思われる大柄の男で、派手な模様の描かれた夏羽織をはおっていた。大きな頭でにこやかな表情をしているが、細長の目には得体の知れない光が宿っている。

百合郎に向けた六郎兵衛の目にかすかな変化がみえた。百合郎は、こいつはおれを知っている、と直感した。

「突っ立ってられるとこっちの首が痛くなっちまう。座ってくれ」

と、横柄《おうへい》な口を利きながら、座る江依太に好奇の目を向け、その目を吉治郎に移した。そしてやや訝しげな顔をした。

「まえに会ったことがあるか」

「ご無沙汰いたしております。もうそろそろ三十年近くまえになりますが、その時分、先代にお世話になっておりました吉治郎でございます」

「吉治郎……」

六郎兵衛は無表情な顔をしばらく吉治郎に向けていたが、

「悪いな、思いだせねえ」

といってふたたび百合郎に顔を向けた。表情は変えなかったが、百合郎は、六郎兵衛は吉治郎を憶えていて無視した、とみてとった。

山だしのような若者が不器用な手つきで茶菓を運んできて、それぞれのまえにおいた。江依太のまえにおくとき、手が震えたのかわずかに茶を零《こぼ》した。

六郎兵衛が舌打ちする音が聞こえた。断れない筋からのあずかり者なのかもしれない。

「で、おれになんの用だ」

六郎兵衛は銀煙管《ぎんギセル》に刻み煙草を詰め、煙草盆の炭火から火をつけた。目を細めて深く吸いこむと、薄い紫煙を吐きだした。

「この刀に見憶えがねえか、みてもらいてえのだ」

刀袋に入った刀は、百合郎の右側に段平とならべておいてあった。それを右手に取った百合郎が差しだした。

六郎兵衛は差しだされた刀をしばらくみていたが、やがて受けとり、袋から引っ張りだした。

「見憶えがあったら、どうだというのだ」

用心棒が佩いていた刀だけが持ちこまれたのだ。そのことを考えれば岩槻が死んだことは想像できるはずだが、顔色は変えなかった。

肝《きも》が据わっているのか、それとも、岩槻が死んだことをすでに知っているかのどちらかだろう。

昨夜の一件をみていて、ご注進におよんだ者がいる、と百合郎は直感した。しかし、それをこちらに悟られるようでは、肝が据わっているとはいえない。

六郎兵衛は袋に入れ直した景政を百合郎に返さず、脇においた。

これをみた江依太は、姑息《こそく》な人物だ、とみてとった。おれの用心棒だった浪人の遺品だから、当然おれのものだ、とでも考えたのだろう。

蕎麦を食いながら百合郎が話してくれたところによると、この景政には八百両の値がついているという。六郎兵衛がそれを知らないはずがない。

「てめえは用心棒に町方役人を襲わせたのだ。ただですむとは思うなよ、砂ケ瀬の」

百合郎が片膝を立てて啖呵《たんか》をきった。

「手証はあるのか」

六郎兵衛が凄んだ。

「てめえは、岩槻弥九朗がすでに死んでいることを知っていた。昨夜、だれかがご注進におよんだのだろう。それが、てめえがおれを殺そうとして岩槻を差し向けた手証じゃねえか、そうだろう」

「岩槻さまは、元締めが外出《そとで》をされるときだけ用心棒としてついておられたので、夜や、元締めが家においでのときは、岩槻さまがなにをしておられたのか、だれも知りません」

若い衆がいった。百合郎たちを玄関に出迎えた気の利いたような男だった。

「よけいな口出しをするんじゃねえ、達三郎《たつさぶろう》」

六郎兵衛が叫び、茶の入った湯呑みを達三郎に投げつけた。だが湯呑みは達三郎から三尺ほどはなれた障子を突き破り、廊下で砕けた。

「そうかわかった。しばらくは、奉行所や岡っ引きを総動員して、ぴったり張りつかせてもらうぜ。そしてな、てめえが会った相手も徹底的に洗いだしてやる。てめえとは距離をおこうと思う者も多数出てくるだろうし、てめえの信用もがた落ちだろうな」

といって百合郎は吉治郎に目をやり、

「おめえの下っ引きを何人集められる」

と聞いた。そこは吉治郎も機転が利いて、

「声をかければすぐに二十人ほど。伝手《つて》を頼れば、あと十人は集められます」

「三十人か、それだけいれば充分だろう。この家と配下、六郎兵衛から目をはなすなといって、張りこませろ」

「あいつらが難癖をつけてきたら」

吉治郎はいい、部屋の隅で縮こまっている六郎兵衛の配下二人に向かって顎《あご》をしゃくった。達三郎と呼ばれた男は膨れっ面《つら》をし、吉治郎を睨んでいる。

「それは好都合だ。奉行所に縛《しょ》っ引《ぴ》いて石を抱かせてやろうじゃねえか。なにかしゃべるだろう」

「おれの息のかかった者たちは千人をくだらねえ。奉行所の町方は臨時廻りを加えても十二人。おれたちと遣りあっても勝ち目はねえぞ」

「それでよく香具師の元締めだと大手を振って歩いていられるな。いいか、よく聞けよ六郎兵衛。おれたちを殺せば、おめえの配下の半分は島送りになり、あとの半分は路頭に迷う。おめえは三尺高い獄門台に首が曝《さら》されることになるのだぞ。それでも、おめえの息のかかった者がいうことを聞くと思ってるのか」

配下といってもそのほとんどが露天商だ。町方役人を殺すほどの度胸があるとは思えない。

百合郎が段平をつかみ、立ちあがろうとした。

「待て、知ってることは話す。その代わり……」

「なんだ」

「この刀は、岩槻さまの形見としておれにくれるというのが条件だ」

「そうはいかねえよ。おれは、てめえの配下を取っ捕まえて石を抱かせる案が気に入った。血の気の多いのがそろっていそうだから、吉治郎の手下とすぐいざこざを起こすんじゃねえか。楽しみだな」

駆け引きはそろそろお終《しま》いにしよう、と六郎兵衛は考えた。

鬼瓦は評判どおりの頑固一徹の男で、頭もきれる。遣りこめるつもりが遣りこめられてしまった。

それに葬式屋の善七のことは、鬼瓦がやってきたときから話すつもりだった。

昨夜、というより、きょうの暁方《あけがた》やってきた善七から、岩槻が斬り殺されたことを聞いた。

「鬼瓦のことだ、次に浪人から襲われれば引っ捕らえ、金の出どころを聞きだすにちげえねえ」

六郎兵衛がいうと、善七が怯《おび》えたような顔をした。

「そうなるとおめえに辿《たど》り着くのは雑作《ぞうさ》もねえ」

「へい、それはあっしも考えておりました。立花屋などに関わらなければ」

善七が「立花屋」といったのを六郎兵衛は聞き逃さなかった。だが気づかなかった振りをした。

「おまえはいい奴で、おれも気に入っているのだがな善七。お奉行所の拷問《ごうもん》には耐えられそうもねえなあ」

「そのとおりでして」

「それなら、いま、その足で上方に立ち、向こうで櫛羅《くじら》の永蔵《えいぞう》という香具師の元締めを訪ねろ。いま紹介状を書いてやるから、江戸とおなじような暮らしができるように取りはからってくれるはずだ」

といって善七を上方へ立たせた。

善七の口を封じてしまうほうが手っ取り早いかもしれないが、このごたごたのなかで子分どもの手を煩《わずら》わせることもない、と考えたのだ。奉行所から睨まれているときだ、どこから足がつくかわからない。

「わかった、話す」

百合郎はふたたび腰を落ち着けた。

六郎兵衛は、渋い顔をしてみせた。だが内心は、てめえの命もあと四、五日で終わる。話の半分くらいは伝えておいても差し支えあるめえ、と考えていた。

「あんたを殺してくれと、おれを頼ってきたのは、葬式屋の善七という男だが、そいつは仲介者で、ほんとうの頼み人の名はしゃべらなかった。ただ相当な金持ちらしく、あんたを殺してくれるなら二百両をだしてもいいといったそうだ。善七のその話を、あそこにいた……」

六郎兵衛は居間の隅の床柱に向かって顎をしゃくった。岩槻の定席だったようで、床柱の、背中にあたる箇所が光っていた。

「岩槻さまの耳にも入ったはずだ。そこで、これは金になると考え、あんたを襲ったのだろう。おれは露天商の元締めだが、人殺しを請け負うような浪人者に知りあいはいない。それで善七には断った。それはほんとうだ、信じてくれ」

信じられなかった。たぶん、善七についての話はほんとうだろうが、刺客を集めるように岩槻に命じたのは六郎兵衛だろう。八百両の刀を欲しがるような六郎兵衛だ、目のまえにぶらさがっている二百両という金を見逃すはずがない。

「岩槻が集めた浪人たちは知らない、とこういいたいのか」

「そのとおりだ、岩槻さまが集めた浪人など知らないし、集めたかどうかもわからない」

それは嘘ではないようだった。

「では葬式屋の善七の住まいを教えろ」

「刀は」

「寄越せ」

百合郎は景政を受けとり、善七の住まいを聞いた。

八百両という値のついた刀は惜しいが、それぐらいの金なら、立花屋から引きだせるだろう、と六郎兵衛は思いながら、鬼瓦と生き人形のような岡っ引き、それに、

「吉治郎の野郎、いまごろは野垂れ死にしてやがると思っていたが、岡っ引きになっていたとはなあ」

弱みをつかんでおくのも後々役に立つかもしれない、と思いながら吉治郎を見送った。

三

「達三郎」

六郎兵衛は、さきほど湯呑みを投げつけた男に声をかけた。

「さっきの助言はよかったぞ、憶えておく」

湯呑みも故意に由須原《ゆずはら》の達三郎にあたらないように投げたのだ。

達三郎は軽く頭をさげた。

「ところで、松林八十五郎《まつばやしやそごろう》さまには連絡《つなぎ》がついておるのだろうな」

紹介状を持たせた葬式屋の善七を上方に逃がしたあと、若槻弥九朗のむかしの道場仲間、松林八十五郎のもとに由須原の達三郎を走らせ、若槻が斬り殺されたことを伝えておいたのだ。

「へい。松林さまは、『そのことなら心得ておる。岩槻から、万にひとつ、おれが殺《や》られたらあとを頼む。といわれておったのでな。まあ、岩槻にしてみれば冗談のつもりだったのだろうが、万にひとつが現実になったわけだな。任せておけ。銭金の問題ではない、岩槻の仇討《あだう》ちだ』とおっしゃっておられましたので、安心して待っていてもよろしかろうかと。松林さまのまわりには、金になるならなんでもやってのけようというご浪人が幾人もいらっしゃるようですから」

「うむ。これからしばらくは、松林さまに近づくんじゃねえぞ。この家には吉治郎が配下を見張りにつけているはずだ。尻尾《しっぽ》をつかまれるようなことをしちゃならねえ。動くのは、あの鬼瓦が斬り殺されたあとのことだ」

「心得ておりますが、立花屋に会って『おれが南町奉行所同心、雁木百合郎殺しを依頼した』という言質《げんち》を取っておかねえと、鬼瓦を殺したあとに出向いて話しても、どうにでもいい逃れられますぜ」

「そのことだがな、なにかいい知恵はねえか」

「ひとつだけ」

「いってみろ」

六郎兵衛は由須原の達三郎の話を聞いてにんまりした。

百合郎のあとについて田原町の往還に出てきた江依太は、砂ケ瀬の住まいを振り向きながら、

「善七の名をださなければならないように追いこまれた、という芝居はうまくや

りましたが、あいつ、もうひとつ裏がありますぜ」

といった。

「なに、それじゃあ二代目は、端《はな》っから善七の名をだすつもりでいた、とでもいうのか」

驚いた顔で吉治郎が尋ねた。

「吉治郎親分のことも、きっと憶えてましたよ」

吉治郎が戸惑ったような顔で百合郎をみあげた。

百合郎はうなずき、

「手下を二、三人集めてあの家を見張ってくれ。砂ケ瀬の野郎、きょう明日はおとなしくしているだろうが、そのうち必ず動く」

といった。

「承知しやした」

「おれたちは善七にあたってみる」

「それでは早速」

といい、江依太のいったことはほんとうのことだろうかと思いながら吉治郎は、大川沿いの道に向かい、速歩《はやあし》で歩いていった。

江依太は、ときどき突拍子もないこといいだすが、それがすべて的を射ているわけではないので、話半分に聞いておく必要がある。だが吉治郎も、

「二代目はおれを憶えている」

というのは感じていた。それに、身についた貫禄《かんろく》で器の小ささを必死に隠しているのもみてとった。その器の小ささを、この度の一件の突破口にするにはどうしたらいいだろうか、と考えていた。


六郎兵衛に教えられた家は、夕日に照らされた久松町《ひさまつちょう》にたしかにあった。こぢんまりした平家で、玄関から声をかけたが返辞はなかった。戸もあかない。

裏に廻ると小さな庭で、そこには屋根だけついた小屋があり、葬式で使うのか、布で作った造花や白い提灯、座棺《ざかん》などもおいてあった。

若者が一人いて、路地から入ってきた百合郎と江依太に目を向け、呆然《ぼうぜん》とした。江依太を初めてみる男どものこうした顔に、最初は戸惑った百合郎だったが、いまは慣れっこになっていた。

町方役人だと気づいたようで、若者は軽く頭をさげ、あっというような顔をし

た。

「まさか……」

「まさか、どうしたのだ」

百合郎がいった。

「親方の身になにかあったんじゃあ……」

「どういう意味だ」

「意味って……きょうも通夜があるので、手伝ってくれっていわれてたのに、親方の姿がみえねえもんですから。こうやってきてみたのですが、声をかけても返辞がねえし、それで……」

縁側の雨戸は閉めきってあった。

「役人が出張《でば》ってきたので、善七の身になにかあった、と早合点したのか」

「へい、親方は無事なんですかい」

「どうだろうな。おれたちも捜してるのだ」

「なかで屍体になって転がってるなんてことはねえでしょうね」

江依太がいい、裏口の板戸に手をかけた。板戸には心張り棒が掛かっているようで、動かなかった。

「玄関にも心張り棒が掛かっていたようですし、どうやって外に出たんでしょう」

「それなら……」

若者はいい、右奥の雨戸を器用にはずして庭におき、障子をあけた。

「出かけるときにはいつもこうやって、ここから」

百合郎は庭に雪踏を脱ぎ、猫のように身軽く廊下にあがった。

江依太も足を拭ってあとを追った。

若者は躊躇《ちゅうちょ》していた。江依太が、なかで屍体となって転がっているのではないか、といったことでびくついていたのだ。

家のなかで明かりがあるのは雨戸のはずされている廊下だけで、あとは真っ暗だった。江依太が残り四枚の雨戸をあけると、途端に夕日が差しこんできて室内を照らした。

家は板の間の八畳に六畳がふた間、それに四畳半だった。

どこにも善七の屍体は転がっていなかった。だれかと争ったような跡もない。

きちんと片づけられていて、旅に出たようすもうかがえない。

江依太はふと、だれかに殺され、どこかに始末されたのではないか、と思ったが、確証があるわけではない。

江依太が心張り棒を取り、裏の板戸をあけると、若者がおそるおそる顔を入れてきた。

「親方は……」

「どこにもいねえな。屍体となって転がってもいなかった」

「おっかしいなあ。きょう通夜の予定が入ってることは百も承知のはずなのに、どこいったんだろう」

「女房子はないのか」

百合郎が聞いた。

「おれは親方の羽振りがよくなってから……五年ほどまえになりますが、そのころ雇われたので、詳しくは知りませんが、噂によりますと、女房に逃げられたとか……」

といったあと、やや考えた若者は、

「親戚とか両親の話を聞いたことはありません」

といった。

「おめえ、善七の元で五年も働いていたのだから、葬式や通夜の段取りは心得てるよな」

「まあ、一応は」

「それなら、善七のあとを継げ。たったいまから、おめえは善七の二代目を名のれ。きょうの通夜も滞《とどこお》りなくすませるんだ」

百合郎の言葉に吃驚《びっくり》したような顔をした若者は、

「しかし……親方がどうなったか……」

と不安そうな顔をした。

「たぶんだが、善七はもう江戸には戻っちゃこねえだろうよ。だから、おめえが二代目を名のり、この家に住むがいい」

「そんな……」

「ほら、遺体は待っちゃくれねえぜ。遺族もやきもきしてるはずだから、早くいって遺族を安心させてやれ」

若者はやや躊躇っていたが、

「へい、ありがとう存じます」

といって走り去った。

「百合郎さまは、善七が殺されたと……」

「それか、六郎兵衛にそそのかされて、上方か仙台《せんだい》にでも逃げたのだろうな。江戸にいて捕まれば、奉行所役人殺しの仲介をした六郎兵衛の名も白状するだろうから、二人とも獄門首はまちがいねえ。六郎兵衛にとっても、善七が江戸から消えてくれるほうが好都合だろうぜ」

百合郎は話をきり、やや考えてから話の穂を継いだ。

「もしかすると、上方か尾張、仙台にいる香具師の元締めに紹介状を書き、よろしくめんどうをみてやってくれ、と頼んでやったのかもしれねえな。香具師の元締めたちは津々浦々、太い絆《きずな》でつながっている、というしな」

善七から聞いた、と六郎兵衛が語った以上のことを、善七は六郎兵衛に話しているはずだ、と百合郎も江依太とおなじように考えていた。

それなら善七が奉行所に捕まるのは拙い。江戸に戻ってくれれば殺すしかない。そのことは善七も充分心得ているにちがいない。

どこにいようと、善七が江戸に舞い戻ってくることはないだろう。善七からなにか聞けるのを期待しても無駄というものだ。

あたりが薄暗くなっていた。

四

名刀景政を同心詰所の刀掛けに気軽に掛けた百合郎は、そのあと退所届けをすませ、江依太を伴い数寄屋橋をわたっていた。

奉行所で由良が待っているかもしれないと考えていたのだが、たぶん百合郎もなにもつかんではいないと判断したのか、それとも津国屋を追いかけるのに忙しいのか、由良の姿はなかった。

「津国屋を執拗《しつよう》に追いかけているにちがいありませんぜ」

江依太もおなじようなことを考えていたようだ。

「おのれがつかんだ唯一の手掛かりだからな」

といったが、由良を笑ってばかりもいられない。百合郎も、権多郎殺しに関してはなにもつかめていないのだ。

大店《おおだな》の路地に身を隠し、目のまえをとおりすぎる百合郎と江依太をみていた者たちがいた。

すぐそれとわかる三人の浪人と、由良昌之助の腰巾着《こしぎんちやく》の作造だった。

作造は岡っ引きではないが、殺された権多郎について歩いていた、いわば、半ちく者だ。半ちく仲間に三太がいるが、いまはその三太にさえ差をつけられているようで、むかっ腹が立っていた。

三太は、先日から津国屋に張りついているが、作造は、

「おめえはおれの使いっ走りでもしてろ」

と由良に命じられ、由良の尻について歩かされている。それは、見張りもできない半ちく者と由良に蔑《さげす》まれたのとおなじことだった。

つい先ほども不機嫌そうな由良と別れたばかりで、どこかで只酒《ただざけ》にでもあずかろうと考えながら堀端を歩きはじめたとき、

「雁木百合郎の屋敷を教えてくれたら、一両やるがどうだ」

この浪人たちに声をかけられた。

「雁木の旦那なら、まだ奉行所におられるはずですよ」

百合郎が奉行所に戻っていくのを、作造はたまたま目にしていた。

「そうか、それなら都合がいい、出てきたら教えろ」

といい、作造に一両小判を握らせたのだ。

「あれが、陰では鬼瓦とか鬼百合とか呼ばれている雁木百合郎ですぜ」

三人の浪人が、数寄屋橋をわたってくる鬼瓦に目をやり、うなずきあった。

「生き人形のような若者がついているな。あいつは岡っ引きか」

「まだ見習いですが……なんでも雁木の旦那の遠縁にあたる男だとかで、住まいも雁木の旦那の屋敷です」

「遠縁か、なるほど」

浪人の一人が、なにかを納得したようにいった。

「おれたちに出会ったことは忘れろ。もしもおれたちのことをだれかにしゃべったら、おまえの首は胴からはなれる。わかったな。わかったら、もう消えろ」

作造は小判を握りしめてうなずき、踵を返して歩き去った。

浪人たちがなにを企んでいるのはわかったが、鬼瓦がどうなろうと知ったこっちゃない、と作造は思った。だが鬼瓦になにかあったときの、江依太の泣きっ面は是非みてみたいと考えていた。あの生き人形がどんな顔をして泣くのか。

「そういえば……」

あの江依太というのはどういう奴なのかなど考えもしなかったが、生意気で気にくわねえ野郎ではあった。

「いつかあいつの弱みを探りだして、とっちめてやろう」

作造は、そんなことを考えながらも浮き浮きした気分だった。しばらくは只酒をねだらなくてもすむ。


「いつやるのだ」

ねぐらに戻った松林八十五郎に佐野市二郎《さのいちじろう》が尋ねた。

松林たちがねぐらにしているのは浅草今戸町《いまどちょう》にある妙蓮寺《みょうれんじ》という寺の離れで、元々は墓掘り道具をしまうための小屋だったのだが、そこを借りうけ、月々二分の家賃を払っている。途方もない借り賃だが、いまの江戸で浪人が気兼ねなく暮らすにはそれなりの金がかかるのだ。

家賃は博奕場の用心棒などで稼いでいるが、大方は江戸郊外での辻斬りや押し込み強盗などで飢えを凌《しの》いでいる。そういう事情もあって、二百両という大金が懸かった話を逃すわけにはいかなかった。というのは控えた表現で、ありていにいえば、喉から手が出るほど、欲しい。

「岩槻を斬ったほどの腕だから、心してかからなければな」

松林がいった。

「おれならやれる」

佐野がいった。

たしかに佐野は灘波一刀流《なんばいっとうりゅう》の免許皆伝という触れこみだ。が、佐野は刀を抜くとほかがみえなくなるようで、その猛攻は狂気じみている。仮に雁木を斬ったとしても、そんなところをだれかにみられ、その線で探られれば、すぐ佐野にゆきつくのは目にみえていた。佐野が捕まれば、あとは芋《いも》づる式に松林にまで手が伸びるのは必定だった。

役人殺しにどのような裁決がくだされるのかは知らないが、見懲《みこ》らしの刑だろうから、打ち首獄門はまちがいないだろう。

「どうだろうか。やはり、ついている岡っ引きに顔をみられないというなんらかの工夫は必要だろう。町方を暗殺したとなれば、手拭いなどで顔を隠すくらいでは心許《こころもと》ない」

といって松林はやや考え、

「あの岩槻が鬼瓦にやられるとはな……甘くみていた」

と呟《つぶや》いた。

「いや、鬼瓦は強い」

三人目の浪人小早川馬之助《こばやかわうまのすけ》が、いかにもというように相槌《あいづち》を打った。

「うむ、強い。おれたちではかなわないかもしれない」

松林がふたたびいった。

佐野が不機嫌そうな顔をし、刀を手に立ちあがり、

「呑んでくる」

と、ぶっきらぼうにいって離れを出ていった。

佐野の姿がみえなくなると、小早川馬之助と松林八十五郎とが目を見合わせた。


佐野市二郎のいきつけの呑み屋は橋場《はしば》にあった。親爺一人で商っている古く小汚い小さな店で、ほとんどの客は顔見知りだが声をかけることもなく、静かに酒を愉《たの》しんでいる。

佐野が細長い食卓に腰をおろしてしばらくすると、二合入りの銚子と炙《あぶ》った目刺しが運ばれてきた。

親爺は六十代だろうが、いらっしゃいませとも、ありがとうございました、ともいわない。注文をしても、返辞もしない。だが、ここの客はそれをまったく気にしていない。佐野は通いだしてまだ半年だが、もう何年もここで呑んでいるよ

と、盃《さかずき》に酒を満たし、さて、あの愚図《ぐず》どもの鼻をどうやって明かしてやろうか、と考えた。

あの鬼瓦を、ひと目につかないところに呼びだせば、あとは一刀のもとに斬り捨てるだけだ。そんな簡単なことで二百両の金が手に入る。とはいえ、佐野には二百両の金を使うあてはなかった。

女遊びをしない佐野は、身請けしたいような女郎もいないし、両親はとうに死んでいるので、親孝行ができるわけでもない。

もっとも、生きていたとしても、親孝行などするつもりはなかった。

父は酒を呑むと暴れる鼻つまみ者の浪人だった。

どこでどのようにして知りあったのかはわからないが、近所の婆さんの話によると、あるとき父が長屋に母を連れてきて、

「おれの子を妊《みご》もっているので、よろしく頼む」

と長屋のみなに挨拶《あいさつ》したという。

母はたしかに妊っていたのだが、市二郎を産み落とすと、ぷいと姿を消してしまったらしい。

父との暮らしで憶えているのは、市二郎が憂《う》さのはけ口だったということだ。なにかあると殴られ、蹴られ、罵《ののし》られた。

長屋のひとたちは、人斬り包丁を持っていている父にはなにもいえなかった。忠告でもすればどんな仕返しが待っているかわかったものではなかったからだ。

市二郎は十三歳で家出をし、そのころ北本所《きたほんじょ》で灘波一刀流の道場をかまえていた榊原徳太郎《さかきばらとくたろう》に頼みこみ、内弟子にしてもらった。

剣術を習ったのは、そのうち父親に決闘を挑み、斬り殺してやろうと決心していたからだ。剣術に明けくれ、怪我や骨折もしたが、父親から受けた仕打ちに比べれば、虐《いじ》めではないだけに楽しかった。

十八になったとき、父親を斬り殺す準備が整った、と思った。だが、父はすでに長屋を引き払い、行方がわからなくなっていた。

張りあいのなくなった佐野は、道場の内弟子もやめ、あとはお定まりの浪人暮らしというわけだ。

いまとなっては父の顔も思いだせない。

父親はどんな顔だったたか、と考えたとき、鬼瓦を誘《おび》きだす方法を思いついた。

佐野は、ざまあみろ腰抜けめら、てめえらが臆病風に吹かれているあいだに、おれが先手を打ってやると考え、にやりと笑った。

腹の底からこのような喜びが湧きあがってきたのは、久方ぶりのことであった。

鬼瓦を殺ったあと、鬼瓦の顔を教えてくれた岡っ引きも始末したほうがいい。みつけるのは造作ない。奉行所を見張っていればすむことだ、などと考えていた。

五

次の日。

奉行所に出仕するため、江依太を従えた百合郎が屋敷を出た。

いつも木戸門の外にいる吉治郎の姿はなかった。香具師の元締め、砂ケ瀬の六郎兵衛を見張っているためだ。

「砂ケ瀬はいつ動きますかね」

江依太がいった。

「六郎兵衛はなぜ動くと思うのだ。やけに自信がありそうだが」

「頼み人と六郎兵衛のあいだに立っていたのは葬式屋の善七です。その善七がいなくなったいま、六郎兵衛が頼み人に会いにゆき、話をまとめなければ金は手に入りません。しかも……」

「おれを殺そうと浪人がすでに動いているとなれば、なおさら早く会って話をつけたいだろうな」

「殺したあと話をつけにいっても惚《とぼ》けられる可能性があると考えるでしょうから」

「おまえは、善七が頼み人の名を六郎兵衛に話した、と思ってるのか」

「そうでなければ、逃がしてやりはしませんでしょう。あの業突《ごうつく》な六郎兵衛が」

「たしかにな」

「ふと思いついたのですが……突飛な話で」

百合郎が笑った。また突飛な頭が働きはじめやがった、と思ったのだ。

「なんだ、いってみろ。おれに遠慮はいらねえぞ」

江依太はやや迷っているふうだったが、やがて、

「百合郎さまのお命を狙っているのは、権多郎親分を殺した下手人じゃねえかと」

「なるほど、突飛だな。だがな、いまのままでじっとしていれば、こっちには手掛かりのひとつもねえのだから、下手人には安泰だろう。それなのに、わざわざ自ら尻尾をだすようなことをするか」

「そこなんですが……百合郎さまも気づいていないなにかを百合郎さまが知っているると勝手に下手人が思いこんでいるとしたら」

「おれが知ってるのにそれにおれが気づいていないなにか……か」

百合郎はやや考え、話の穂を継いだ。

「まあ、それならあり得なくはねえだろうが、おれの気づいていないなにかを本人が知るのはかなり難儀だぞ。それより、おれが邪魔なほかの理由があると考えたほうが、筋がとおるんじゃねえか」

話しながら京橋に差しかかったとき、

「お役人の雁木さまかい」

十歳くらいの男児に尋ねられた。百合郎の顔の造作に興味をもったのか、しげしげとみている。

「だれかに、鬼瓦面をみてこいとでもいわれたのか」

「あ、いや、そうじゃなくて、この文《ふみ》をわたしてくれって」

男児が文を差しだした。

「だれから頼まれたのだ」

「ご浪人」

といったとき男児はすでに走りだし、五間（約九メートル）ほどはなれていた。

百合郎はわたされた文を広げ、読んだ。そのあと文を江依太にわたした。

文には、

『おぬしを殺そうとしている頼み人の正体を知っておる。十両で教えてやるから、夕刻、小塚原《こつかっぱら》の泪橋《なみだばし》までこい』

と、読みにくい文字でしたためられてあった。

「どう思いますか」

文を返しながら江依太がいった。

「だれかが、おれの命を狙っていることは知ってるようだな。となると、無視もできめえ。いまのところなんの手掛かりもねえことだし」

百合郎は文を元どおりに折りたたみ、懐に入れた。


「若いのが出てきやしたぜ」

鋳掛屋の伊三がいった。

伊三は吉治郎の下っ引きで、吉治郎や傘骨買いの金太《きんた》、看板描きの啓三《けいぞう》とともに、砂ケ瀬の六郎兵衛の住まいの斜めまえにある女郎屋『しのや』の二階からみていた。

出入り口には見張り役の若者が立っていたが、それとはべつに男が出入り口の板戸をあけて出てきた。

このあたりの店はすべて六郎兵衛の息がかかっているとみなければならない。蕎麦屋や荒物屋の二階を見張りに使わせてくれ、とでも頼みこもうものなら、すぐ六郎兵衛に筒抜けになるはずだ。

ところが女郎屋となると、岡っ引きの頼みに首は振れない。なぜなら、岡っ引きの機嫌を損ねると役人にいいつけられ、『警動《けいどう》』をかけられる恐れがあるからだ。

『警動』とはいわゆる一斉捜索のことだが、幕府公認の遊女屋は吉原《よしわら》にかぎられていて、市井《しせい》の女郎屋は公儀のお目溢《めこぼ》しにあずかって商いをしているにすぎない。つまり本来は御法度《ごはっと》なのだ。『警動』がかかれば、女郎は捕らえられて吉原へ売られ、女将《おかみ》や亡八《ぼうはち》（主人）は江戸追放をくらう。

そういう背景があるから、黙って岡っ引きの頼みを引き受けざるを得ない。むろん、女郎の商売部屋をひと部屋空けさせるのだから、その分の代金はふんだくられる。

「ただの使いっ走りかもしれねえが、若い奴を頼み人との連絡《つなぎ》に使ってるのかもしれねえ。金太、ゆく先を突きとめろ」

傘骨買いの金太は肌の浅黒い、どこかぼんやりした男だが、それはみかけだけで、なかなか頼りになる。

「へい」

傘骨を五、六本束にし、縄をかけたものを肩から提げた金太が部屋を出ていった。傘骨買いの商いは紙の破れた傘を買い求めることだが、破れた紙を貼り直すのはまたべつの職人や、内職の御家人や浪人がやる。

「砂ケ瀬も見張られていることはわかっているはずですから、そう易々《やすやす》と動くとは思えやせんがねえ」

鋳掛屋の伊三がいった。伊三は吉治郎のもっとも信頼を寄せる下っ引きで、人当たりがよく、機転の利く男だ。

「親分、また一人出てきやしたぜ」

外をみていた看板描きの啓三がいった。

吉治郎と伊三が覗くと、砂ケ瀬の住まいの玄関先でみた生意気な男で、あたりにきょろきょろと目を配り、急ぎ足で歩きはじめた。

「啓三、おまえがいいけ。ぬかるんじゃねえぞ」

「へい」

啓三は小太りだが、動きは素早く、看板描きの道具を入れた布袋を肩に担いだと思ったら、もう廊下に出ていた。

「あ……もう一人出てきやがった」

次に出てきたのは砂ケ瀬に盃を投げつけられた男で、名を由須原の達三郎というが、吉治郎は名を知らなかった。

吉治郎は謀《はか》られたかな、と思いつつ伊三に向かって顎をしゃくった。

伊三は心得顔で鋳掛けの道具を提げ、部屋を出ていった。

間もなく、もう二人出てきて左右にわかれ、そそくさと歩きはじめた。

「くそう……」

だれかが頼み人に宛てた砂ケ瀬の六郎兵衛の文を懐に忍ばせているかもしれない、と考えると吉治郎は居ても立ってもおられず、

「くそう、おれとしたことが……」

立ちあがって階段を駆けおり、往還をゆく男のあとを尾《つ》けはじめた。

尾けはじめたとき、砂ケ瀬の住まいの出入り口に目をやった。ほかにも出てくる者がいるのではないか、と気になったからだ。

「あっ……」

案の定、若い男が一人出入り口から出てきて向こうへ歩きはじめた。

まえをゆく男が砂ケ瀬の文を懐にした使いかもしれない、と万にひとつのことを考えると吉治郎は尾行をやめるわけにもゆかず、

「くそう……この状況で砂ケ瀬の六郎兵衛自身が動くとは思えない」

おのれに無理に思いこませ、往還をゆく男を尾行しはじめた。

男は浅草広小路《ひろこうじ》に出てそれをまっすぐゆき、吾妻橋《あずまばし》をわたった。


だが吉治郎の意に反し、六郎兵衛は動くつもりだった。頼み人の言質を取るなら相手の身分を知り、腹を探らなければならない。そんなことのできる若い衆はいないし、手代と呼ばれている中年がいるが、そいつらも人殺しを頼むような奴と遣りあうほどの度胸はない。

「見張りについていた連中は、岡っ引きも含めてすべて出払いましたぜ」

女郎屋の主人は若い衆を使い、岡っ引きが四人、二階に潜んでいることを六郎兵衛に知らせていたが、その連絡《つなぎ》をつけにきた若い衆が、またもや知らせに飛んできた。

「よし、駕籠《かご》を呼べ」

若い奴らは千住《せんじゅ》や品川《しながわ》、小梅村《こうめむら》などを歩きまわり、暗くならなければ戻ってくるなといいつけてある。

『江戸買物独案内《えどかいものひとりあんない》』には立花屋は蠟燭《ろうそく》問屋の一軒しかなく、お店《たな》の場所も、本湊町《ほんみなとちょう》とわかっていた。

駕籠をおりた六郎兵衛は、立花屋をみあげた。

立花屋は黒漆喰《くろしっくい》塗りの大店で、両脇の蔵に挟まれて建っていた。

「ほう……これなら……」

大金をふんだくれる、と六郎兵衛は考えながら暖簾をくぐった。

用心棒のような形でついてきた若い衆と駕籠は外に残したままだ。

「ご主人にお会いしたい」

六郎兵衛をみた番頭が怪訝《けげん》な顔をした。派手な模様の小袖に夏羽織を身につけ、太く長い羽織紐で襟をとめているが、これまでにみたことがない顔だった。博徒《ばくと》の親分にみえなくもない、と番頭が思ったのは、顔に小狡《こずる》さが滲《にじ》み出ていたからだ。

「失礼でございますが、どちらさまでしょうか」

「葬式屋の善七の使いできた、といってもらえればわかる」

店に出入りをしている葬式屋の善七なら知っているし、主人は善七を気に入っているようだ。その知りあいなら主人に取り次いだほうがいいだろうと番頭は判断した。

「少々お待ちを」

番頭が立ちあがり、奥と店とを隔てているらしい長暖簾を割り、消えた。

店は板張りで五十個はあろうかという小さな箱に、さまざまな大きさや色の蠟燭が三本ずつ入っていた。

なかには、花模様が描かれた百目蠟燭もあった。

店の隅には杉板の箱が積みあげられ、『会津《あいづ》蠟燭』や『美濃《みの》蠟燭』などの文字がみえた。

箱に入っている蠟燭が少ないのは単なる見本で、小売りはしていないからのようだ。客が一人いて、奉公人二人となにやら話しこんでいる。

しばらくすると草履《ぞうり》を手にした番頭が戻ってきて、

「主人が会うと申しております。脇の路地から庭におまわりください」

といって手にしていた草履をはき、先に立って店の外に出た。

右手の路地を入ると、蔵の塀が途切れたあたりから板塀がつづいていて、その先に長屋が三棟建ちならんでいた。

板塀には戸がついていて、番頭がそれをあけるとそこは立花屋の庭だった。大きくはないが池があり、石の太鼓橋《たいこばし》が架かっている。

「こちらへ」

番頭は沓脱《くつぬ》ぎから廊下にあがり、六郎兵衛があがるのを待ってから奥へ歩いていった。


「主人はこちらでお待ちしております」

と番頭が六郎兵衛に声をかけ、廊下に両膝をついて障子をあけた。

六郎兵衛は番頭に促されて部屋に足を踏み入れた。途端、背後の障子が閉まり、遠退いてゆく番頭の足音がかすかに聞こえた。

部屋は十畳で、みごとなほどなにもなかった。

独りぽつんと座っていたのは三十代半ばと思える男で、ひょろっとしている。

顔は二枚目で、六郎兵衛をみあげたが、その目は虚《うつ》ろでそこからはなにも読み取ることはできなかった。

六郎兵衛は得体の知れない不安を覚えた。数多くの親分衆や、香具師の元締めなどとも会うが、このような目つきの人物には出会ったことがなかったからだ。

「まあ、お座りください、ええっと……」

いわれて六郎兵衛は、おのれが立ったままだったことに気づき、慌てたことを悟られないようにゆっくり座った。

「砂ケ瀬の六郎兵衛。香具師の元締めだ」

胡座《あぐら》をかいて声を落とし、それでも鋭くいった。つもりだ。

「なるほど、葬式屋の善七が頼ったのは、あなただった、というわけでございますな」

立花屋は顔色ひとつ変えず、淡々といった。驚きや不安が微塵《みじん》も感じられないのだ。ふつうであれば、人殺しを依頼した善七の知りあいだ、といって香具師の元締めが訪ねてくれれば、脅迫されると考え、ある程度の動揺はみせるのではないか。

「そういうことだ」

六郎兵衛は、内心、取り乱していることを立花屋に悟られないように、静かにいった。

「善七は……なぜいっしょではないのでございますか」

「実はな、雁木同心を討ち取るためにおれの用心棒を差し向けたのだが、返り討ちにあってしまってな。善七は恐れをなして上方に逃げてしまったのだ」

襖《ふすま》越しのとなりの部屋でひとの動く気配がした。だれかがおれたちの話を聞いている、と六郎兵衛は思った。

「なるほど、あなたがお逃がしになりましたね。わたしの頼み料を直接懐に入れるために」

図星だった。

「わたしは誰が相手でもかまいませんよ。口の固いお方ならば」

といい、初めて六郎兵衛と目をあわせた。が、目は死んでいるかのようになんの感情も表していなかった。まばたきもしない。

「で、あなたか、あなたの知りあいが、雁木百合郎同心の命を奪ってくださる、そういいにこられましたのか。それとも、わたしの口からはっきりと『雁木百合郎を殺してくれ』といわせるために」

「そのとおり。引き受けた。が、二百両にもう少し上乗せはできないか。なにせ相手は奉行所同心だからな。下手人として捕まれば、打ち首獄門は覚悟しなければならない」

「では五百両」

六郎兵衛は息をのんだ。せいぜい五十両か百両の上乗せがあればいいと考えていたからだ。

「五日をすぎたらこの話はなかったことに」

立花屋が頭をさげていった。六郎兵衛は、脅しにきたのに、かえって脅されたような気分で立ちあがった。

「心得た」

となりにいる人物の、妙な気配で落ち着かなかった。

部屋を出て廊下をゆくとき、おのれの足で歩いているようではなかった。

世の中には想像もできない恐ろしい奴がいる、と思いながらも、立花屋を憎む気持ちがふつふつと湧きあがってきた。恐怖という感情を久々に味わわされたからだ。先代が生きていたころをべつにすれば、おれに恐怖を味わわせた者はいない。

「片がついたら、どっちが大物か思い知らせてやる」

憤《いきどお》りながら六郎兵衛は長い廊下を歩いていった。

沓脱ぎからあがった廊下のあたりに、案内してくれた番頭が石地蔵のようにじっと佇んでいた。

となりの部屋とを隔てていた襖が、音もなくあいた。

入ってきたのは四十二、三にみえるが、稀《まれ》にみる美しさをそなえた女だった。

「かかさま」

立花屋安右衛門が母をみて微笑《ほほえ》んだ。

「あなたが考えていることですから、心配はないでしょうが、香具師の元締めを信用してもよいのですか、安右衛門」

「わたしは、かかさまのほかに信用した人物など、この世に一人もおりません。六郎兵衛という男も、邪魔になれば、人知れず消せばよいのです」

「まことに」

立花屋安右衛門に「かかさま」と呼ばれた女は、妖艶《ようえん》に微笑んだ。この女、名を『おゑん』といい、十七のとき安右衛門を生んでいるので、歳は五十三であった。

おゑんは安右衛門のまえに跪《ひざまず》き、安右衛門を押したおすと裾を広げ、越中褌《えっちゅうふんどし》をほどいて安右衛門のいちもつを口に含んだ。

安右衛門は、母の口のなかでみるみる膨らんでゆくおのれの魔羅《まら》を、不思議なこともあるものだ、と思いながらみていた。

安右衛門の股間のいちもつは、ほかのどんな女がどうしようと膨らまないのだ。

そのことがわかったのは、十五のとき、父親に連れられて吉原の妓楼《ぎろう》にあがったときのことだった。

その話をすると、父は、

「初めてのことだから、緊張したのだろう」

といって笑ったが、そのあと、一人で吉原の遊郭へあがってもできなかった。

深川や浅草、名だたる女郎町で女郎を買いまくり、女郎の手練手管《てれんてくだ》を使ってもらったが、なんの役にも立たなかった。

夜鷹《よたか》も、陰間《かげま》も買った。しまいにはむかし女郎で慣らしたという、七十をすぎた遣手《やりて》にも頼んでみたが、みな無駄だった。

しかし安右衛門は、そのことで悩むこともなかった。安右衛門には『悩み』がどのようなものかわからなかった。いや、悩みだけではなく『悔《くや》しさ』も『悲しさ』も『怒り』も『楽しみ』も、なにもわからない。

それに気づいたのは寺子屋へかようようになり、読み書きができるようになってからであった。

「これはなにが書いてあるの」

御伽草子《おとぎぞうし》の意味がわからず、母に聞いたのだ。

最初母は、文字が読めないのだと思ったようだ。が、話しているうちに、母はなにか思いあたることがあったようで、父に相談した。

父も薄々はなにか変だと感じていたようで、そうか、といってしばらく黙りこんだが、やがて、

「おまえは頭がいいのだから、きょうからおれの態度や表情から、感情というものを真似ろ。真似て感情豊かな人間の振りをするのだ。ものを感じ取る能力がないことが世間に知られたら、おまえは生きていけない」

と諭《さと》し、

「きょうからおれが、感情を顔で表す方法を教えてやる。心配するな。わからなかったら聞け、教えてやるから、それをすべて憶えるのだ」

といって両肩に手をおいた。

感情がない見返りというのも変だが、算術はずば抜けていた。

父から感情を顔で表す方法を習ううち、感情も計算ずくでできることに気づき、一年もすると、だれからも怪しまれなくなっていったばかりか、表情の豊かな子どもだとまでいわれて、贔屓先の主人やお内儀から可愛がられるようにもなった。

だが長ずるにつれ、どんな人間でももっている『感情』というものをどうにかして得たい、と考えるようになった。

まず試したのは、遊び人二人を金で雇い、互いにもうやめてくれ、というまで殴りあわせることだった。血が飛び散り、骨が砕ける音を聴いても、心は動かなかった。憶えているだけでも、十数回の殴りあいを遣らせたが無駄に終わった。

おのれを殴ってもらったこともあるし、金を払って殴ったこともある。

夜鷹を寮に連れこみ、首を絞めて殺してみたことさえある。屍体は古井戸に投げこみ、土をかぶせた。

惚《ほ》れあっている男女の男に女を近づけ、別れさせたこともある。泣いている女をみてもなにもなかった。その女が首を括《くく》って死んだときも、なんともなかった。

心が動きそうな、あらゆることを試したが、無駄だった。

剣術道場にもかよい、道場仲間と竹刀《しない》で叩きあったが、なんにもならなかった。

だが、師匠の模倣《もほう》をすれば剣術には強くなる、ということは学んだ。

そんなころ父が、鼻や口、目などから血を流して急死した。

肉親が死んだとき、どのような顔をしてどう振る舞えばいいのかは、父が教えてくれていた。

父の葬式の仕切りを頼んだのが、葬式屋として独り立ちしたての善七だった。

父の野辺送りの夜、安右衛門の寝間に母が忍んできて、

「おまえのあれが駄目なことは旦那さまから聞いていましたよ。わたしに試させておくれでないかい」

といって安右衛門の股間に顔を埋め、縮こまった魔羅を口に含んだ。その途端、不思議なことが起きた。嬉《うれ》しいとか、悪いことをしているとか、やめてくれとか、そんな感情はいっさい起きなかったのに、はちきれんばかりに魔羅が膨らんだのだ。母は小さな悲鳴をあげ、膨らんだ魔羅をおのれの股間に導き、受け入れた。

いつの間にか素っ裸になった母が腰をしきりに動かし、しばらくすると小さな痙攣《けいれん》を繰り返した。嗚咽《おえつ》のような声をもらしながら安右衛門に抱きついた。

安右衛門も股間がもぞもぞっとしたが、小便を洩らすのとなんら変わりはなかった。

安右衛門には感情はないが、計算高さと冷静にものを見極める目は、ひとの何倍も長《た》けていた。

それを使えば、お店はいくらでも大きくできた。身代が大きくなったからといって、心が動くわけではなかったが、商売仲間からは、父が教えてくれた『尊敬の目』でみられるようになった。

母との関係は三日にあげずつづいている。

あるとき、もしかしたらほかの女とでもできるようになったのではないか、と考え、舟饅頭《ふなまんじゆう》を買った。だが駄目だった。

なにも考えずに舟饅頭の首を絞めて殺し、掘割に放りこんだ。

そこから足がついたようで、岡っ引きの権多郎と名のる男がやってきて、

「おめえさんが舟饅頭を殺したことは、お調べがついている。しかしだ、そのことを知っているのはおれだけだ。これから月々五両という金を払えばだれにもしゃべらねえ」

といったのだ。

そのとき、こいつを殺したい、と考えたわけではない。

殺しておいた方がいい、と計算したのだ。

権多郎を呼びだして背後から短刀で刺し、ついで腹を刺した。だが、感情とやらは動かなかった。

そこで、虫の息だった権多郎を橋から投げ落とし、土手をおりて腹を滅多刺しにしてみたが、幾度刺しても、心が乱れるとか、権多郎が可哀相だとか、血が怖いだとかの気持ちは生まれなかった。

小袖には跳ね返った血がべっとりついていた。

そうなることはわかっていたので、采女が原の藪《やぶ》のなかに着替えを隠しておいて、そこで着替え、夜明けに騒ぎが起きるまで林に隠れて待っていた。

感情というものがなくても、こういう計算はできる。

騒ぎをみておもしろがろうと考えたわけではない。

駆けつけた町方役人がどのような表情をするのか、と思っただけだ。みたいと思ったわけでもない。

おのれの感情というものを感じることはできなくても、鍛錬のおかげか、ひとの表情をみて、相手の感情とやらを想像することは、たぶんほかの者より秀《ひい》でているだろう。

そう思ってみていたとき、あの生き人形が目に飛びこんできたのだ。母に似ている、と思った途端、心の奥底で小さく蠢《うごめ》くなにかを感じ取った。

「これは……」

だがそれもすぐ消えた。

いまのはなんだったのか。あれが父のいっていた『感情』というものの一端だろうか。

母に似た、あの生き人形のような顔を簾《すだれ》のようにきり刻み、甚振《いたぶ》ってみれば、感情が動くのではないか、と思った。

心の奥底で蠢いた、あの変なものをもう一度感じ取ってみたいと。

しきりに尻を動かす母を腹の上にのせながら、生き人形の顔をきり刻み、首を落とすところを想像した。

心か、頭のなかかで、ややもやっとしたものが蠢いた。魔羅が一段と膨らんだような気がした。

挽《ひ》き臼《うす》のようにゆっくり動かしていた母の尻の動きが速くなり、錯乱したような表情だが声は押し殺して呻《うめ》き、安右衛門にしがみついた。

その途端、安右衛門の小便がもれた。

第四章　決闘、海辺新田

一

「おまえは屋敷に戻ってろ」

百合郎と江依太は浅草田原町にいた。

吉治郎が見張り場をどこに決めたのかは知らないが、ぶらぶら歩いていれば向こうから声をかけてくるだろうと考えていたのだ。が、吉治郎の息のかかった者から声をかけられることはなかった。

砂ケ瀬の六郎兵衛が動き、あとを追っているのだろう、と合点した。

「しかし……」

江依太はためらった。おのれがついていってもなんの力にもなれないことはわかっているが、だれとも知らない者からの呼びだしの場所に一人でゆかせるわけにはいかないと、漠然《ばくぜん》と考えていた。

「はっきりいうが、おまえがいると、足手まといになる。相手が何人いるかもわからない。おまえが人質にでもなれば、おれもおまえも殺される」

そこまでいわれれば、無理強《じ》いはできない。だが屋敷に戻り、百合郎の身を案じながら悶々《もんもん》と待っているつもりはなかった。

「わかりました。では……」

といった江依太が向かおうとしているのは、博徒《ばくと》の親分、安食《あじき》の辰五郎《たつごろう》の住まいであった。

知りあったのは百合郎の聞きこみについていったときのことだったが、辰五郎とは妙に気があい、軽口を叩きあう仲になっていた。

「雁木の旦那《だんな》が何者かに呼びだされて殺されようとしている。手を貸してくださいませんか」

と頼めば、厭《いや》とはいわないはずだ。辰五郎は腕の立つ用心棒も雇っている。

辰五郎の住まいは神田岸町《きしちょう》にあった。

江依太は田原町から道を南に取り、桃林寺《とうりんじ》と金蔵寺《こんぞうじ》のまえを歩いて武家屋敷に栫《かこ》まれた通りに出た。あたりはしんとしていて通行人の姿もなく、ただ蝉《せみ》が五月蝿《うるさ》いだけだった。

遠くに陽炎《かげろう》が立っている。

江依太が目を細めてみていると、背後から足音がした。

振り向くと、浪人がすぐそばに迫ってきていて、逃げる間もなく当て身を喰らい、目のまえが暗くなった。


江依太に当て身をくれたのは、松林八十五郎だった。

松林は気を失った江依太を通りの脇に引きずってゆき、丸めて背負っていた莫蓙《ござ》をかけて体を隠した。

しばらく待つと、小早川馬之助が大八車を引いてやってきた。

松林と小早川は、出仕してきた百合郎と江依太を、つかずはなれずずっと尾行していたのだった。

江依太が一人になったところを見極めた松林は、小早川に、

「おれがやるから、おまえはどこかで大八車を調達してきてくれ」

と、話がついていたのだ。

二人は江依太を大八車にのせると莫蓙を被せ、引いていった。

「佐野の莫迦《ばか》め。おれたちの話にまんまとのりおって……」

といってほくそ笑んだのは松林だった。

佐野は剣術に関しては並々ならぬ自信を抱いている。その佐野のまえで、

「鬼瓦は強い」

「あの岩槻でもかなわなかったのだから、おれでも……」

などと鬼瓦の強さをいい立てれば、佐野はかならず一人でなにかをやらかす、
と松林は考えたのだ。その謀《はかりごと》がずばり的中して佐野は動き、こうして鬼瓦の弱点
を手に入れることができた。

大八車を引く二人は、笑いがとまらなかった。

「これで二百両は山分けだな。当分遊んで暮らせる」

小早川がいった。

「それは佐野が鬼瓦に斬《き》り殺されればという話で、万にひとつ佐野が勝ったらど
うする。そのときは佐野が二百両を手に入れるのだぞ」

松林が一瞬不安そうな顔をしていった。

「そのときは、毒でものませて佐野を殺せばよい。身寄りのない奴だから、だれ
も不審には思わぬだろう」

「それはよいな。ところで……鬼瓦を始末したあと、この岡っ引きはどうする」

「慰みものにして、あとは江戸湾の鱶《ふか》の餌《えさ》にでもすればいい」

小早川が下卑《げび》た笑いを浮かべた。

「おぬしも好きだなあ」

「これだけの……生き人形のような上玉《じょうだま》は滅多にいないからな」

馬之助は、まさに馬なみの魔羅《まら》を尻に突っこみ、岡っ引きが泣き叫ぶ姿を想像して股間が膨《ふく》らんだ。


百合郎が小塚原の泪橋に着いたとき、あたりはまだ明るかったが、草いきれが鼻をついた。

百合郎は、額に浮いた汗を左の袖《そで》で拭《ぬぐ》いながらあたりに目を配った。

旅人が二、三人いるだけで、怪しい者の姿はない、と思ったそのとき、街道の杉並木の陰から人影があらわれた。

年のころ二十七、八と、百合郎とあまり変わらないが、垢染《あかじ》みた小袖に、縞《しま》の薄れた袴《はかま》をはき、伸びた月代《さかやき》を後頭部で結んで背中に垂らしている。

ゆっくり近づいてくると、目が血走っていて険《けん》をふくみ、顔色も悪いのがみてとれた。だが腰がしっかり据わっていて隙がなく、徒者《ただもの》ではないとわかる。

「おれに文《ふみ》を寄越したのはおぬしか」

　百合郎が尋《たず》ねた。

「奉行所役人などに関わりたくはないが、あんたの首に懸かっている二百両という金には興味がある」

　百合郎は、おのれの首に二百両という賞金が懸かっているのを初めて知った。

「名を聞いておこうか」

「あんたはすぐ死ぬのだ。おれの名など聞いてもなんの意味もないだろう」

「頼み人のことも話してはくれねえのだろうな」

「その話もできぬ。金は欲しいが、あんたを斬るのはどうもそれだけではないような気がしてきた。待っているあいだ、そのような心の動きを覚えたのだ」

「なんの話かわからねえが」

「そうだろうな。おれにもよくわからぬのだが、あいつらの鼻をあかしてやりたい、というのが本音のような気がするのだ。あいつらより腕は優れているのに、若いというだけの理由でおれを下にみているところがあるからな」

　この男を殺したとしても、まだ複数の浪人がおれをつけ狙っているということだろう。

二百両のために。

「あいつらとは」

「万にひとつ、まあ、あり得ないが、この勝負にあんたが勝てば、否応《いやおう》なく対峙《たいじ》することになる。それとも、おれが殺《や》られれば恐れをなして逃げだすか」

男は皮肉そうな笑顔を浮かべていい、泪橋の架かる思川《おもいがわ》沿いの畦道《あぜみち》を西に歩きはじめた。もう話は終わった、とでもいいたげな背中だった。

畦道の両側は水田で稲穂が大人の腰のあたりまで伸びている。

百合郎は、ここまできて逃げだすわけにもゆかず、ついてゆくしかなかった。逃げだしたとしても、この男なら執拗《しつよう》に追ってくるだろうし、この男のいうとおりなら、ほかのだれかにも狙われている。あいつらといったので一人ではない。めんどうなことに巻きこみやがってと、頼み人に憤《いきどお》りを覚えながら、沈みはじめた陽に向かって歩いた。

一町ほどゆくと水田がとぎれ、草っ原があった。年老いて農耕をやめたのか、百姓の土地が耕されずに打ち捨てられ、雑草が伸びている。

伸びた草がたおれているのは、男が下見にきて踏み荒らしたからにちがいない。

用意周到な奴だ。

茅《かや》の株は大人の胸の高さほどに伸びているが、地面に這っている草もあり、遣《や》りあうのに足場は悪くなかった。

男は雑草を踏みしめながら草っ原へ入っていった。

百合郎は畦道にとどまり、男の出方をうかがった。

男が立ちどまった。だが背を向けたままの姿勢で振り向かなかった。

飛蝗《ばった》が一匹跳ねた。

百合郎が草叢《くさむら》に一歩踏みこんだ。

刹那《せつな》。

振り向きざまに抜刀した男が百合郎に斬りかかってきた。

刀が振りおろされたとき、すでに百合郎は男の左脇を斬り抜けていた。男の左脇腹を斬り割った手応えがあった。

百合郎に左脇腹を斬られた男、佐野市二郎は、血が噴き出るおのれの脇腹を不思議なものでもみるような顔をしてみていた。

一瞬、なにが起こったのかわからなかった。

奉行所同心が目のまえから消え、背後に身を移したことはわかった。そこで態勢を整えようとした。だが、足が動かなかった。脇腹のあたりの痺《しび》れが腕にまで届き、刀を提《さ》げた手が震えている。やがて刀を持つこともできなくなり、落としてしまった。左膝を地面に突いた、そのことまでは覚えているが、あとはなにも聞こえなくなり、みえなくなった。おのれの体がかたむいたような気がしたが、あとはわからない。


百合郎は草の葉で刀の血を拭い、納刀した。

たおれた男の懐《ふところ》には財布があった。二分銀が一枚と小銭が少々入っていたが、身元や住まいがわかるような書きつけはなかった。

雁木百合郎を殺したら二百両を与えると書かれた念書もなかった。口約束で動いていたようだ。

百合郎は財布を懐に戻し、歩き去った。


奉行所に戻ると、大番所に一人ぽつんと三太の姿があった。

百合郎の姿を目にとめた三太が大番所から出てきた。

「津国屋にはなんの動きもねえので、雁木の旦那がここ二、三日どんな探索をしておいでなのか、話を聞きてえと、由良の旦那が待っておられますぜ」

といって三太は大番所にちらっと目を遣ったが、

「実は、ばれねえように雁木さまを尾行して、なにをしているのか突きとめろ、と命じられております」

といった。

「そんな話をおれにしてもいいのか」

三太は苦笑いを浮かべて首をかしげ、

「わかりません」

といい、百合郎の背後に目をやった。

「江依太は……」

「個人的な用があったので、先に帰したのだ」

「そうでしたかい」

百合郎は大番所に入り、板敷きのあがり框《がまち》に腰をおろした。

三太もついてきた。

「おめえ、江依太が気になるようだが、おめえたちのあいだになにかあったのか」

　三太は百合郎の脇に立ち、腕を組んだ。

「なにも」

「じゃあなぜ、江依太の顔をみると突っかかるのだ」

　三太は笑顔になり、

「あっしは川越の在の出なんですがね。実家は百姓で、兄に扱《こ》き使われるのが厭で飛びだしたのです。そのとき、弟から、おれも連れていってくれって泣きつかれたのですが、落ち着いたらかならず迎えにくると約束し、実家に残してきました。江依太をみているとその弟を思いだしましてね。実家にいたころはよくからかっていまして」

　といって話をきり、遠くをみるような目つきをした。

「顔と頭のできは江依太とはまったくちがいますがね、弟は不細工で莫迦でしたから。いまごろどうしてますかねえ。おれを怨《うら》みながら、いやいや畑仕事をしてると思うと不憫《ふびん》で」

　といってまた笑い、

「ですから、江依太が気になって仕方がねえのですよ。悪《あ》しざまにいうのは、一種の可愛がりです。ここだけの話でございますよ」

「そうか、おれにはわかるようなわからねえような話だな。なにせ、一人っ子だから」

百合郎は立ちあがり、右脇門から入ってそっと退所届けをだした。

浪人を斬ったあと、心の均衡が崩れているようで、いま由良と向きあったら、ほんとうに斬り殺しかねない状況だった。

江依太が心配しているのはわかっていたが、このまま屋敷にも帰りたくなかった。酔えるならへべれけになるまで呑みつづけたかったが、酔わない体質ではそれもできない。

こういうとき、唯一の慰めは、思いきり体を動かすことだ。

二

門番に挨拶《あいさつ》をして数寄屋橋をわたった百合郎は北に足を向けた。

百合郎が目指しているのは、日本橋《にほんばし》の本革屋町《ほんかわやちよう》だった。名主の樽屋藤左衛門《たるやとうざえもん》屋敷の近くに、百合郎が剣術を学んだ『無双一心流　狩野是心《かのうていしん》道場』があるのだ。

百合郎は比丘尼橋《びくにばし》あたりからだれかに尾行されていることに気づいていたが、どうでもいい、と思っていた。斬りかかってきたければいつでも相手になってやる、という殺伐《さつばつ》とした気分だった。

「雁木ではないか」

無双一心流の道場へゆくと、二十人ほどの門弟たちが竹刀《しない》で叩きあっていた。無双一心流では籠手《こて》と革で作られた薄い胴は身につけるが、あとは生身で、非番の日にここにかよっていた百合郎も、生傷が絶えなかったものだ。

百合郎をみて手をとめ、声をかけてきたのは、師範代の永田《ながた》勇之進《ゆうのしん》だった。

永田は三十五歳。もとは御家人の次男坊だが家は小普請組《こぶしんぐみ》で、仮に長男が死んだとしても跡を継ぐつもりなどなかった。幸い長男は至って元気だし、御家人の次男坊が兄に養ってもらっているというのは世間体にも問題がある、と考えるような人物だ。

そこで残された道は、内職で食うか、幼いころから修行を積んでいる剣術で身を立てるかのどちらかしかなかったのだが、永田は迷わず家を捨て、剣術の道を選んだ。

顎《あご》の張ったところや目のぎょろりとしたところは百合郎に似ていなくもない大男だが、気さくで、門弟からも慕《した》われている。

道場主の狩野是心は七十一歳。いまはほぼ隠居状態といってよく、稽古《けいこ》は永田に任せ、道場に立つことはほとんどない。だが江戸の剣術界では知られた人物で、なにかあると是心を頼ってくる道場主は多い。

「憂《う》さ晴らしか」

百合郎が心になにかを溜めこむと道場にきて汗を流すのを、永田は十五年来のつきあいでよく心得ていた。

「役所仕事はむしゃくしゃすることが多くてな。頼めるか」

「むろんだ。おまえの相手ができる者はおれしかいないからな。籠手や胴は」

「不要」

「聞くだけ野暮か」

笑った永田が竹刀を投げて寄越した。

百合郎と永田は蹲踞《そんきょ》の姿勢から立ちあがって対峙し、互いに間合いを取った。

その瞬間、裂帛《れっぱく》の気合い声を発した永田が打ちこんできた。

百合郎が受け、三合、四合と叩きあった。そのあまりにも凄《すさ》まじい攻防に、道場脇に腰をおろしてみていた門下生は息をのんだ。

永田と百合郎の凄まじい稽古を知っている者も多かったが、初めてみる門下生も二人いて、その者は腰が抜けたように動けなかった。知らずしらずのうちに一人は、

「あああ……」

と、悲鳴に近い声をあげていた。

三本のうち二本を永田が取った。だが最後には互いにへとへとになり、立っているのがやっとという態《てい》だった。

百合郎を尾行してきて壁板の隙間からこれをみていた浪人の松林八十五郎も、腰を抜かしそうになった一人だった。

鬼瓦を呼びだして遣りあおうとした佐野市二郎が、屍体となってどこかに転がっているのはあきらかだった。

松林は、いままでのことはなかったことにして生き人形を解放し、江戸から逃げだしたほうが身のためではないか、とも考えた。だが、あの生き人形のような岡っ引きがこちらの手に落ちているかぎり、鬼瓦にいまのような動きはできない

はずだ、と考え直し、尾行して屋敷をたしかめ、そこの門に挟んでおこうと考え

て書いた文を、道場の玄関に放りこんで立ち去った。

これを、三太が尾行しはじめた。

「これからしばらくは雁木の旦那に張りついていよう。由良の旦那に知らせるか

どうかはべつにして、面白そうだ」

と考えて百合郎を尾行しはじめたのだが、どこに隠れていたのか、比丘尼橋あ

たりからうらぶれた浪人が百合郎のあとを尾《つ》けはじめた。

不審に思った三太は間をあけ、その浪人のあとをついていった。

よくはみえなかったが、百合郎は道場に入っていったらしく、浪人は道場の壁

板の隙間からなかを覗《のぞ》こうとしていた。

三太は道場の向かいの路地に身を隠し、それをみていた。

やがて腰を屈《かが》めた浪人が道場の玄関をわずかにあけ、文らしきものを放りこん

だ。

浪人はそのまま立ち去ろうとした。

文の内容も気になったが、いまはこの浪人の身元をたしかめておくほうが先決

だと考えた三太は、浪人を尾行することにしたのである。

「外にいたのは吉治郎か」

ようやく落ち着いた永田が尋ねた。百合郎についている岡っ引きの吉治郎とは永田も顔見知りだ。

「いや、おれをつけ狙っている奴がいてな、どうやらそのうちの一人だろう。まあ、気にするほどの奴でもなさそうだ」

と百合郎はいったが、外に怪しい者の気配を感じ取るとは、さすがに永田勇之進だと感じ入った。

「なにがあった、話してみろ、次第によっては力になるぞ」

二人は裏庭で井戸水を汲《く》み、汗を拭っていた。

「うむ、いまはなにも話せぬが、力を借りることがあるやもしれぬ。そのときはよろしく頼む」

「おまえとおれの仲に遠慮はいらぬ」

「失礼いたします」

若い門弟が濡れ縁でかしこまった。

「玄関先にこのようなものが投げこまれておりました。雁木さま宛てになっておりますれば……」

いって若者が文を差しだした。

「道場の玄関におれ宛ての……」

百合郎が不審に思い、受け取ってみると、たしかに宛名書きは『雁木百合郎殿』となっていた。

「さっきの奴が投げこんでいったようだな」

封をあけて読んだ百合郎の顔色が変わった。だが暗くもあったし、永田に気づかれたとは思えなかった。

「おれはこれで」

声の震えを気づかれないように、抑えた口調で百合郎がいった。

「どうした、なにかあったようだな」

「どうやら、おれと遣りあいたいらしい。呼びだされた」

「腕の立つのを二、三人連れていくか。おれがついていってもいいぞ」

「いや、さっきの奴ならおれ一人で充分だろう。結果は知らせる」

「うむ……」

心配そうな声だったが、永田はそれ以上なにもいわなかった。雁木百合郎は、頼みごとがあるときには、

「頼む」

と素直にいう人物だと心得ていたからだ。

無双一心流の道場を出た百合郎は、常夜灯の灯りに照らしてもう一度文に目をとおした。

『生き人形の岡っ引きをあずかった。返して欲しくば、明朝明六つ刻（夜明け）まえに、深川海辺新田《うみべしんでん》まで一人でこい。連れをみかけたらただちに生き人形を殺す』

百合郎は頭にかっと血が昇り、目のまえが薄赤く染まった。

とにかく屋敷に戻り、ほんとうに江依太が拐《かどわ》かされたのかどうか、たしかめることだ。

無双一心流の道場のある本革屋町から八丁堀《はっちょうぼり》まではおおよそ十八町（約二千メートル）。百合郎は走った。

海辺新田は深川富岡八幡宮《とみおかはちまんぐう》の東南、大島川《おおじまがわ》を挟んでおおよそ四町の場所にあった。芥《ごみ》の埋め立てでできた土地で、新田とはいえまだ耕されてはおらず、ところどころに松の木が自生し、灌木《かんぼく》などもあるが、あとは荒涼とした草原が広がっている。

ここには江戸湾からの水が流れこむ水路が幾筋か走っており、それが池を作っている。その水路や池の水嵩《みずかさ》を監視するための小屋が設けられてあった。

水嵩が増したとき水が土地を大きく浸食すれば、畑や田圃《たんぼ》として使うにはもっと埋め立てる必要がある。それを確認するために監視人がおかれていたのだ。

だがそれも時化《しけ》や大波の日にかぎられていて、天候の穏やかな日にはだれも詰めていなかった。

江依太はその小屋に囚《とら》われていた。

松林八十五郎が雁木百合郎に文を届けにいっているいま、小屋にいるのは両手両足を縛られて筵の敷かれた床に転がされている江依太と、それを陵辱《りょうじょく》したいと考えている小早川馬之助の二人だけだった。

小早川は額が突き出て目が落ち窪《くぼ》み、唇の厚い顔立ちで、近所の子どもたちの格好のからかい相手だった。元々は味噌屋の倅《せがれ》だった馬之助が父親に泣いて頼みこみ、剣術道場に入門したのは、莫迦にした連中を見返すのが主な理由だった。剣術で負ければ、道場仲間にも莫迦にされるのは火をみるよりもあきらかだったので、打たれても打たれても必死に食らいついていった。

切り紙はもらったものの師範代として道場にとどまれなかったのには理由がある。そのころ、幼いころに馬之助を虐《いじ》めた相手を馬之助が斬り殺した、という噂《うわさ》が流れたからだ。

馬之助は認めなかったが、それは事実だった。

道場通いをやめても実家には戻らず、浪人として暮らしはじめたのは二十二のときだった。あれから幾人を斬り殺しただろうか。

ひとを斬り殺すたびに馬之助の目は異様な光をおび、ますます獣じみてきているが、考えてみれば、斬り殺した相手はみな二枚目だったような気がする。

あるときなど、相手が役者裸足だと思っただけでむかっ腹が立ち、難癖をつけて喧嘩《けんか》をふっかけ、しまいには斬り殺していた。

いま目のまえにいる若僧も、その生き人形のような顔をしているだけで気にくわなかった。

陵辱するなら、松林八十五郎のいないいましかない、と考えて江依太をみた。

江依太には相手がなにを考えているかがわかり、身を竦《すく》めた。

「どうしました。帰りが遅いので心配しましたよ」

と、玄関で出迎えた母のひでがいった。

江依太は戻ってますか、と聞くわけにはいかない。もしも戻っていなければ両親を心配させることになる。

母は百合郎の背後に目を移し、

「お江依はいっしょではなかったのですか」

と聞いた。

「吉治郎と見張りについております。わたしも腹拵《はらごしら》えをすませてまたすぐ出かけます」

母の拵えてくれた夕餉《ゆうげ》をなんとか腹におさめようとしたが、喉をとおらなかった。だが母の心配を思い、無理矢理腹に詰めこんだ。

「では……」

といって百合郎は屋敷を出た。

八丁堀から海辺新田までおおよそ一里。百合郎の足なら半刻とかからない道程《みちのり》ではあるが、百合郎は暁方《あけがた》まで待っていられなかった。

岡っ引き見習いの三太は浪人者を尾行しながら永代橋《えいたいばし》をわたり、深川に入った。すでに深夜で、満月から少々欠けた月明かりだけが頼りだった。だがその月も、厚い雲間にみえ隠れしていて、あてにはできなかった。

風が冷たくなった。

「こいつは降りだすかもな……」

三太は空をみあげた。

月が雲間に隠れ、あたりが暗くなった。

浪人は背後を気にするようすもなく、相川町《あいかわちょう》のはずれを左に曲がると正源寺《しょうげんじ》門前をすぎ、福島橋《ふくしまばし》、八幡橋《やわたばし》をわたってまっすぐ歩いてゆく。

永代寺門前仲町《なかちょう》の大鳥居をすぎたが、歩む速さを落とすことはない。

あたりにひとの姿はなかった。

「どこまでいきやがるんだ」

なにが三太を突き動かしているのか、三太自身にもわからなかった。が、この浪人の住まいは突きとめておかなければならない、と頭の奥で声が聞こえていた。

富岡八幡宮の門前まできた浪人は、そこから右に折れ、昼間は賑《にぎ》わっていて袖を擦《す》りあわさなければわたれない蓬莱橋《ほうらいばし》をわたってそこを左に折れた。右が佃町《つくだちょう》だが家並みは暗く、灯りがともっている家などない。小さな稲荷社《いなりしゃ》のまえをすぎ、武家屋敷をすぎ、入船町《いりふねちょう》の東の端まできた。

浪人はそこでようやく立ちどまり、あたりに目を配った。だが三太は尾行には慣れていて、立ちどまった相手がどうするかも心得ていた。

だれもみていないと思ったらしい浪人は草を掻き分け、荒れ地に足を踏み入れた。そのまままっすぐ歩いていく。

三太がみると、浪人が初めて入ったのではないようで、草を踏み荒らした跡が残っていた。

「仲間でもいるのか……」

浪人のうしろ姿が小さくみえていた。

三太もそこを抜け、身を屈めながら荒れ地に入っていった。あたりに目を配ったが、だれかに見張られているようすはなかった。

三太は浪人を追った。

海に近づくにしたがって土地が低くなっているような気がした。海の水が流れこんでいるのはそのせいかもしれない、と三太は思い、松の幹に身を隠しながら進んだ。

松の陰に小屋が立っていた。

浪人はなにやら声をかけ、内側から戸があくと、そこに入っていった。なかにいた人物は遠くてみえなかった。

「さてどうするか」

引き返して雁木の旦那に知らせるべきか、とも考えたが、それもあの文の内容による。

雁木の旦那を尾行して無双一心流の道場までいったのだから、玄関に投げこんだ文は旦那に宛てたものだろう。だが、もしかすると道場主や師範代、あるいは門弟に宛てたものかもしれない。

雁木の旦那に宛てた文だとしても、なんらかの手掛かりを教えただけかもしれない。

三太は迷ったが、まず、小屋のなかにどんな奴が何人いて、なにを企んでいるのか、それを知るのが先決だと考え、足音を殺して小屋に近づいた。台風や悪天候のときにも吹き飛ばされないように、頑丈に造られているのだろう。なかからの話し声は聞こえなかった。

もしかして浪人を待っていたのは女かもしれない。

足音を立てないように小屋をぐるっとひとまわりしたが、なかを覗けるような土壁の崩れた隙間はなかった。傷んだあとはきっちりと修繕がしてある。

「くそう……」

三太が取れる道はふたつしかなかった。

小屋のなかの浪人に声をかけ、戸をあけてもらってなかを覗く。もうひとつは、浪人が出てくるのを待つ。そしてまた尾行する。

声をかけるなど論外だった。顔をみられれば、うむをいわさず一刀の元に斬り殺されるのが落ちだ。あの浪人がどれほどの腕前なのかはわからないが、人斬り包丁を腰に差しているのはまちがいない。

三太は小屋から十五、六間はなれた。出入り口の戸がみえる松の陰に身を潜め、そのあと長々と小便をした。

ほどなくすると、先ほどの浪人とはべつの、恐ろしい面相の浪人が小屋から出てきた。三太が隠れている松の脇をとおり、荒れ地の出入り口がみえるあたりに身を潜めた。

「そうか、だれかがくるのを見張っているのだ」

と三太は考え、はっとした。

「あ……」

待ち伏せしているのは、雁木の旦那をなんとかするためではないか。とすると、無双一心流の道場に投げこまれたのはここに呼びだすための文だったのではないか。

小屋のなかに何人いるかわからない。それになぜ雁木の旦那が狙われているのかもわからないが、腕の立つ浪人が四、五人もいれば、雁木の旦那でもかなわないだろう。

三太は腰を落とし、松の陰から灌木の陰を縫うようにして表通りに出た。

伸びた草叢に身を隠しながら、浪人を尾行してきた道を引き返しはじめた。入船町のなかほどまできたところで、

「雁木の旦那がやってくるにしても、どの道をとおってやってくるのかわからない」

という疑問がわいた。

酷《ひど》い面相の浪人がいまも見張っているのだから、やってくるのは明六つ刻すぎとは考えられない。

富岡八幡宮まえをまっすぐやってくるのなら、右手にみえている汐見橋をわたることになるが、それなら遠廻りだ。

やはり蓬萊橋をわたるこの道を辿《たど》るにちがいない。それなら、ここで待てば会えるはずだ、と考えたとき、

「うちの旦那とはちがい、雁木の旦那なら途方もない手を打ってくるかもしれない」

と閃《ひらめ》いた。つまり、腕のいい船頭を雇い、海からやってくる方法だ。

三

三太の勘働きは的中していた。

百合郎は懇意《こんい》にしている船宿『玉乃屋《たまのや》』の主人を叩き起こしていつもの船頭を雇い、仙台堀川《せんだいぼりかわ》から横川を右に折れ、州崎弁天《すざきべんてん》の脇を抜けて海に出たあと、州崎の海岸縁《べり》を海辺新田の荒れ地に漕《こ》ぎつけてもらった。

海辺新田に水嵩の見張り小屋があるのは百合郎も知っていた。

江依太はおれを誘《おび》き寄せるための餌だ。荒野にその餌を転がしておけばだれかの目にとまるかもしれない。それはあってはならないことだろう。

そうなると、江依太が囚われているのはあの小屋しか考えられない。だが百合郎の心配の種はもうひとつあった。

江依太をほかの場所に閉じこめておいて海辺新田におれを誘き寄せたのかもしれない。そのことだった。

だが江依太がどこにいるのか、手掛かりがまったくないいま、思い悩んでいても仕方がない。

百合郎は灌木の陰から陰へと身を潜めながら見張り小屋へ近づいていった。

小屋のまわりには見張りらしい人影はなく、しんとしていた。

空は厚い雲で覆《おお》われているが、東の空はやや薄明るくなっている。

いままで聞こえていた虫の鳴く声がぴたりとやんだ。

海から吹いてくる風が涼しく、緊張して汗ばんだ肌を撫《な》でていった。

小屋の土壁は厚く、なかのようすはわからないし、話し声なども聞こえない。

江依太がどうなっているかをたしかめるためには、なかのようすを探らなければばならない。

屋根をみたが厚い板葺《いたぶ》きで、登ってもなかを覗けそうにはない。

雨粒がぽつりと落ちてきた。

百合郎は板戸を叩き、

「南の雁木だ。あけて江依太の無事な姿をみせろ」

と叫んだ。

返辞はなかった。だが、小屋のなかでひとの蠢《うごめ》く気配があった。

「戸から十歩はなれろ」

なかから声がした。

ざあーっという音を立てて雨が降りだした。

百合郎は雨に濡れながら十歩退いた。

「はなれたぞ」

声をかけると、戸が一寸（約三センチ）ほどあいた。百合郎の立ち位置をたしかめたのか、そのあと厚い板戸が大きくひらいて後ろ手に縛られた江依太が出てきた。

窶《やつ》れていて髪が乱れ、まだ雨に濡れたわけでもないのに小袖のまえが濡れていた。小便をさせてもらえなかったようだ。

百合郎の腹のあたりから頭の天辺《てっぺん》まで火の玉のようなものが駆けのぼった。目の眩《くら》むような怒りだった。

握りしめた手が震えていた。

「大小を捨てろ」

江依太のあとから出てきた浪人がいった。三十代後半で月代が伸び、顎がほっそりしていて口も小さかった。気弱そうにみえるが、妙に落ち着いているのが気になった。

江依太の右首にぴったりとあてている刀の刃《やいば》は微動だにしていなかった。

――こいつは侮《あなど》れない――。

「刀を捨てないと、生き人形を殺す。こっちはあとがないんだ。あんたが遣《つか》うことはわかってるが、こいつの首を落とせばなんらかの動揺はあるはずだ。そこにつけこめば、あるいはおれが勝てるかもしれぬ。どうだ、試してみるか。おれはどっちでもいいぞ」

「わかった」

百合郎が腰から大小を抜いた。

「やめろ」

江依太が叫んだが、だれも聞いていなかった。

「できるだけ遠くに投げ捨てろ」

百合郎はいわれるまま、大小を遠くへ放り投げた。

「動くなよ」

浪人はいい、江依太を盾《たて》にじりっ、じりっと近づいてきた。

まともに目をあけていられないほどの激しい雨が、海からの風で横殴りに降りつけてくる。

浪人は小屋を背にしているため、雨の害はさほどない。

二歩近づいた。

あと四歩で、浪人の間合いに入る。だが江依太を盾にとられている百合郎は動けなかった。

おれは死んでもいいが、江依太を助ける手立てはないか、と考えた。このままでは二人とも殺される。

また一歩近づいた。

隙があるとすれば、江依太の首から刀をはずし、おれを突くか、斬りつけようとするその瞬間だ。

江依太の首から刀が動いた刹那、百合郎は飛びかかろうと考えた。だが、それに気づかれて刀を突きだされれば、百合郎は串刺《くしざ》しになる。そうなると、江依太を助けることはできない。

　なにか知恵は、と考えたとき、浪人の背後でなにかが動いた。雨で音は掻き消されている。

　まだ仲間がいて、おれの動きを牽制《けんせい》している、と百合郎は咄嗟《とつさ》に考えた。

　そのとき、黒い影が飛びかかるように浪人の背中にぶつかった。

　浪人は江依太を突き放し、体を捩《よじ》って背後に顔を向けた。

　浪人の背中からは鮮血がしたたっていたが、雨ですぐ桃色に変わって落ちていった。影がふたたび浪人の腹にぶつかった。

　揉《も》みあって二人ともたおれた。

　起きあがった一人が脇差を振りあげた。

「三太……」

　浪人の背後から襲った影は、三太だった。

　三太が脇差を振りあげたそのとき、背中を地面に着けてたおれていた浪人が力任せに刀を振った。三太を狙ったとは思えないが、浪人の刀の切尖《きっさき》が三太の首をまともに捉えた。

首から血を迸《ほとばし》らせながら、三太がぐらっと横にかたむいた。

江依太が駆け寄った。

背後から裂帛の気合い声がした。

百合郎は振り向きざま、刀を振りおろしてくる相手の右手首をつかんだ。

たおれた三太から脇差をもぎ取った江依太が浪人の胸に突き刺した。

裂帛の気合いが耳に入ったらしい江依太が百合郎に顔を向け、叫んだ。

「駄目、その人を殺さないで」

だが遅かった。

百合郎は左手で男の右手首を握り、右手で相手の脇差を抜いて腹に突き立てていた。百合郎が脇差を引き抜いた。男はよろっと一歩さがり、上段から斬りおろしてきた。百合郎は左膝を突いたまま体を右にかたむけ、男の左脇腹を斬り裂いていた。斬らなければ百合郎が斬られていた。

土砂降りだった。

「三太ああ……」

江依太の悲鳴が聞こえた。

江依太が三太の脇にうずくまり、三太を抱えあげていた。

「なんでだよ……なんで……」

百合郎がそばにいくと、三太はすでに息が絶えていた。

浪人の胸に突き刺さっていたのは、百合郎の脇差だった。百合郎の投げた大小が、三太が隠れていた藪《やぶ》のそばに落ちたようだ。

由良に命じられたとおり、三太はおれに張りついていたのだろう。

江依太が三太を抱きしめた。

「三太の莫迦……」

百合郎は雨に打たれながら佇《たたず》み、江依太をみていた。

「三太を小屋に運びこんでやろう」

百合郎が手を貸そうとすると、江依太が首を振り、

「あの小屋は厭」

といった。

「おまえは松の枝の下で待ってろ。命の恩人を雨晒《あまざら》しにしておくわけにもいかねえだろう」

三太の遺体を抱えあげようとした百合郎を、江依太はとめなかった。

百合郎は三太を小屋に運び入れた。

小屋のなかほどに小さな囲炉裏《いろり》がきられ、釜や鍋、椀などの道具もそろっていた。煎餅布団《せんべいぶとん》も二組あったが畳んだままだった。江依太は床に敷かれた筵に直《じか》に座らされていたようだ。

百合郎は火の熾《おこ》っていない囲炉裏のそばに三太を横たえ、地面に敷いてあった筵を剝《は》がして遺体にかけた。

「命懸けで江依太を救ってくれた礼をいう。骨はおれが川越に届ける。弟のようすもみてくるからな」

呟《つぶや》いて百合郎は合掌《がっしょう》した。

江依太の小便で濡れたらしい筵をみつけ、外に放りだした。

雨は小降りになり、東の空が明るくなりつつあった。

江依太は死んだ男のそばに座りこみ、なにやら話しかけていた。

百合郎は浪人の胸に突き刺さったままになっていた脇差を引き抜き、鞘《さや》を探してそれに納めた。大刀も、泥だらけで近くに転がっていた。

三太はこのあたりの灌木の陰に身を潜めていたと思われるが、雨で足跡はなくなっていた。

「帰るぞ」

江依太は百合郎の言葉に顔をあげ、もう一度男に目を移してからようやく立ちあがった。

百合郎はなにも聞かずに先に立った。

江依太は覚束《おぼつか》ない足取りで百合郎についていった。

「ひとを殺してしまった……」

江依太が泣きながらいった。

「仕方がねえ、刺さなければおまえが殺されていた。おまえはおのれの身を護《まも》っただけだし、三太の仇《かたき》も討ってやったのだと思って忘れろ」

とはいったが、忘れられるわけがない。百合郎も、初めて斬り殺した盗人《ぬすっと》の顔を、八年たったいまでもはっきりと憶えている。

江依太は黙り、よろよろとついてきた。負ぶってやりたかったが、男装をしている江依太を負ぶうわけにはゆかなかった。

雨はしとしとと降りつづいていた。

深川入船町の自身番は、町の西のはずれにあった。

百合郎は番太に、海辺新田に浪人の屍体がふたつ転がっているので、小屋に運びこんでおいてくれ、あとで奉行所の者が屍体を引き取りにくるから、と頼み、すでに店をあけようとしていた蓬莱橋近くの船宿で舟を誂《あつら》えた。

江依太はずっと黙りこくっていたが、舟が大川に差しかかったとき、急に大声をあげて泣きだし、しばらく泣きやまなかった。

船頭は吃驚《びっくり》したような顔を百合郎に向けたが、百合郎は小雨の降る水面《みなも》に目をやっていて気づかぬ振りをした。

舟は櫓臍《ろべそ》の音をかすかに響かせ、大川をわたっていった。

江依太はまだ嗚咽《おえつ》をもらしていた。

四

屋敷に戻ると江依太は、

「疲れました。湯を沸かしてもいいですか」

と軽い口調でいい、湯殿に向かった。

百合郎は自室にゆき、着替えた。髪も乱れていたが、それはもうすぐ廻り髪結いの安造《やすぞう》がやってくる。

一刻（二時間）ほど眠ってもよかったが、頭と目は冴《さ》えざえとしていて眠れそうになかった。冴えざえの原因は、江依太が叫んだ、

「駄目、その人を殺さないで」

という悲痛な声であった。

あれは抑えきれない女の叫び声ではなかったか。

考えるのを避けていたが、

「小屋に閉じこめられているときあの男に犯され、情が移ったのではないか」

それが幾度も頭をかすめてとおりすぎた。そうなると胃の腑《ふ》のあたりに暗雲が蠢き、得体の知れないものが頭を覆い尽くす。

出仕時刻にはまだ一刻ほどあった。

百合郎は筆頭同心川添孫左衛門の屋敷を訪ね、昨夜から暁方にかけてあったことを、ほぼ話した。すべて、といえないのは、話のなかから江依太の存在を抹消したからだ。

仕方がない。

川添に嘘は吐《つ》きたくなかったが、江依太を此度《こたび》の一件に巻きこまないためには

川添は百合郎の話をおおむね信じたようで、

「中間《ちゅうげん》を連れていって、南茅場町の大番屋へ死体を運んでおけ。柴田玄庵どのにはおれから連絡《つなぎ》をつけておく」

といった。

浪人二人と三太の遺体を大番屋へ運んだ百合郎が昼すぎに奉行所に戻ると、由良が待っていた。

「おめえを助けようとして三太が殺されたそうだな。詳しく話せ」

三太が死んだことが耳に入れば激怒するだろうと思っていたが、ことのほか平静で、やりきれなさそうな顔をしていた。

「なぜ三太があそこにいたのかわかりませんが……」

「それならわかる。たぶんおれが、おめえに張りついていろ、と命じたからだろうぜ」

「そうだったのですか」

そのことは三太から聞いて知っていたが、百合郎はなにも知らない振りをとお

した。

「稽古にいっていたとき、道場の玄関に文が投げこまれていました」

「内容は」

「権多郎殺しの手掛かりを教えるから、海辺新田までこい、という文面でした。なんの手掛かりもつかめていませんから、わたしにも焦《あせ》りがありました。相手は権多郎の名をだすほどだから、なにか知ってるのはまちがいないだろうと……」

百合郎は川添に話した作り話をそのまま由良にも話した。

「相手は浪人の二人組でした。権多郎の話は餌で、狙いはわたしの命だったようです」

「おれたち町方同心はどこで怨みを買うかわからねえからなあ」

「相手を侮ったのがいけませんでした。一人はかなり遣い、追い詰められました。そこを、うしろからもう一人の浪人に斬りこまれ、しまった、と思ったとき、どこにいたのか、三太がうしろから斬りかかってきた浪人に体当たりを食らわせたのです。わたしは斬り結んでいた相手をようやく斬り殺し、振り向いたときには三太が斬られたところで、救えませんでした」

「あの莫迦野郎、なにを考えてやがったのだ。どっちかというと、斬りあいがあったら逃げる類《たぐい》の意気地なしだぞ」

いまとなっては三太の本心はわからないが、たぶん江依太が、川越の在におき去りにしてきた弟に思えたのだろう。土砂降りのなか、江依太を救わなければ、などとも考えず、からだが勝手に動いたというのがほんとうのところのような気がする。

「三太のおかげで命拾いをしました」

これは本音だった。

「二人の浪人の身元はわかったのか」

「いえ……身元がわかるようなものはなにも身につけておりませんでした。三太の出まれ処はわかりますか」

由良は三太の出まれた村の名を教え、

「ひとが死にすぎるなあ」

といい、同心部屋を出ていった。

三太まで殺されて気落ちしているのかもしれない。いつもの由良とは別人のようだった。

落ち着くまでしばらく休めと川添にいわれた百合郎は、

「はい、そうさせていただきます」

といって奉行所を出た。が、屋敷に籠もっているつもりはなかった。手をこまぬいていれば、賞金を目当ての浪人が次々に襲ってくるにちがいない。

百合郎は両国《りょうごく》へ足を向けた。

第五章　鬼瓦死す

一

あと四半刻ほどで暮六つ刻という時刻だった。

女郎屋『しのや』と砂ケ瀬の六郎兵衛の住まいを挟んだ通りも、仕事から戻ってくる職人や、早く売らないと暗くなる、と焦《あせ》る棒手振《ぼてふ》りで賑《にぎ》わいを増していた。

そんな町人のなかを、月代《さかやき》を伸ばして袴《はかま》を身につけた、一人の剣客らしい人物が歩いてきた。

六郎兵衛の住まいの出入り口の引き戸をあけ、見張りらしい若者に声をかけてなかに消えた。

「あれは……」

女郎屋の二階からみていた吉治郎が驚いた。

吉治郎がみかけた剣客を出迎えたのは、由須原の達三郎だった。若いわりには貫禄《かんろく》のある男で、警戒しているのを隠そうともしなかった。

あらかじめ取り決めた合図があったのか、達三郎が呼びもしないのに、若い衆が四、五人、ぞろぞろと出てきた。

「名を名のっても知らねえだろうが、無双一心流永田勇之進という。砂ケ瀬の元締めに取り次いでくれ。互いに得になる話だ」

永田勇之進と名のった浪人は月代を伸ばし、細い眉のあたりまで前髪をたらしていた。

眩《まぶ》しいように目を細め、蒼白《あおじろ》い顔色をしていて無精髭《ぶしょうひげ》を生やしている。いかにも食いつめ浪人然としていて、胡散臭《うさんくさ》かった。

「とおっしゃいますと」

達三郎が無表情で尋《たず》ねた。

「六郎兵衛が雇った浪人二人が、海辺新田で斬《き》り殺されたらしいぜ。まあ、おれの耳に入ったのは噂話《うわさばなし》だから、ほんとうのことかどうかわからねえけどな」

無表情だった達三郎の顔にかすかな変化が起こった。

「それはまことのことでございますか」

思わず口にだしたのだろうが、これで二人の浪人を雇ったのが砂ケ瀬の六郎兵衛だと永田は確信した。

達三郎もそのことに気づいたようだが表情は変えなかった。

「噂話だといわなかったか」

「元締めにどんな話を……」

永田は刀を一閃《いっせん》させた。だが玄関に陣取ってとおせんぼをしている若い連中には永田の動きはみえなかったようで、無表情で突っ立っている。

やがて、達三郎の襟元《えりもと》が縦に割れ、腹のあたりで帯が切断された。懐《ふところ》にのんでいた匕首《あいくち》が、玄関の三和土《たたき》に音を立てて落ちた。それが合図ででもあったかのように、小袖《こそで》が左右にぱらっとひらいた。褌《ふんどし》がみえた。その途端、紐《ひも》がはらりときれ、褌がずるっとはずれた。

ここでようやく達三郎に恐怖の表情が浮かんだ。青黒い魔羅《まら》が縮みあがっている。

「おめえらが、浪人を何人雇おうと、雁木百合郎に皆殺しにされるのが落ちだぞ。六郎兵衛にそう伝えとけ。邪魔したな」

踵《きびす》を返した永田勇之進が玄関から出ようとした。

「ま、待って、ください」

小袖のまえをあわせた達三郎が、出ない声を振り絞って呼びかけた。

「親分に伝えてきます……少々お待ちを」

達三郎はよろけるような足取りで廊下の奥に消えた。玄関にいたほかの若者も、永田の刀が届かないあたりまで退いた。真っ青な顔をしている。

砂ケ瀬の六郎兵衛は派手な夏羽織を引っ掛けた大男だったが、顔はその大きな体にも釣りあいが取れないほど大きい。

その顔がにこやかにいった。

「達三郎から聞きましたが、かなりお遣《つか》いになるとか」

「気に入らねえなあ」

「は……」

「かなり遣うのではなく、おれ以上の遣い手はいない。とくに、あんたが狙っている雁木百合郎を殺《や》れるのは、江戸広しといえども、おれをおいてほかにはいねえだろうな」

「あっしが雁木百合郎を狙っていると、どこで」

「浪人のあいだではもっぱらの噂だぜ。ん……」

永田は不審そうな顔を六郎兵衛に近づけ、まじまじとみた。なにやら尋常《じんじょう》ではないものが細めた目に宿っている。

「あれは噂だけだったのか。おれがここにきたのは無駄だったということか」

六郎兵衛の顔に息がかかるような近さで永田が尋ねた。

六郎兵衛は顔を引き、

「まあ、どちらにせよ、そう先を急がずにゆっくり話しましょう、永田勇之進さま。ところで……」

といい、永田の身につけているものに目を配った。黒っぽい小袖と縞《しま》の袴だが、垢染《あかじ》みてはいなくこざっぱりしている。

「ただのご浪人さまとも思えませんが」

「ああ、おれは無双一心流の師範代を務めておる。道場主が老人でな、道場経営のめんどうも、おれの肩にかかっておるというわけだ。実はな、雁木百合郎はおれの道場仲間なのだが……」

といったとき六郎兵衛の形相《ぎょうそう》が一変し、まさに鬼のような顔になった。途端、部屋にいた五、六人の若者が懐に手を入れ、膝立ちになった。

「狼狽《うろた》えるな、聞け」

永田が一喝《いっかつ》した。

永田の胴間声《どうまごえ》に驚いたのか、鬼の顔が元に戻った六郎兵衛が弱々しく右手をあげ、配下の機先を制した。若者たちは座り直したが、懐に入れた手はそのまま抜かなかった。

着替えた達三郎がのそっと部屋に入ってきた。

「近ごろは剣術より算術を習う若者が多くてな。むかしの同門でも、その命に金が懸かっているとなると、背に腹は代えられぬ、という奴だ。わかるだろう。いますぐ二百両がないと、道場は潰《つぶ》れる。そういうわけだ」

この男のいうことを信用してもいいのだろうか、と思いながら六郎兵衛は永田勇之進に目を向けていた。

「雁木同心と知りあいだというあなたさまを、どうやって信用すればよろしいのですかな」

「なるほど、雁木から頼まれておぬしを探りにきた密偵かなにかだと思っているのだな。まあ雁木とはむかしからの知りあいだからな、疑いを持たれるのもわからなくはねえ。だが、そこは信用してもらうしかない。まあ、雁木百合郎の首を持参すれば信用するしかなくなるだろうがな」

永田が、さも愉快そうに笑った。

「二、三日うちに二百両はもらいにくる、用意しておけ」

といって立ちあがり、さっさと部屋を出ていった。

「あの野郎……」

六郎兵衛が呟《つぶや》いた。

「尾行して、あいつがどうするかたしかめましょうか。あの鬼瓦と会ってこそこそすれば放っておけばいいし、もしも、鬼瓦を斬り殺してくれたら、そのときは若い奴らを十人ほど集めて闇討ちにでもすれば……」

達三郎がいった。

「頼み人から出る五百両はすべておれの手に残る、というわけか」

もしも永田が鬼瓦の密偵ならば、すでに綿密な打ちあわせはすんでいるはずで、これから二人が会うなどとは六郎兵衛には思えなかったが、仲間のまえで恥をかかされた達三郎は、永田に対する憤《いきどお》りでいつもの冷静さを欠いているようだ。

このまま、永田には手出しをするな、と命じても、勝手になにかやるのは目にみえている。それなら、やっていることを報告させたほうが手の打ちようがある。六郎兵衛は煙草《たばこ》に火をつけて吸いこみ、やや考えていた。が、ふーっと煙を吐きだすと、

「いいだろう、やってみろ」

といった。

達三郎はとなりにいた若者に、

「いっしょにこい、道太《みちた》」

といい、部屋をあとにした。

砂ケ瀬の住まいから出てきた永田勇之進は、路地のまえに立ちどまり、そこに身を隠している吉治郎に、

「おれを憶えておるか、吉治郎。無双一心流道場の師範代、永田勇之進だ。これからおれはまっすぐ道場に帰る。尾行するだけ無駄だ。じっとしていろ、動くな」

顔も向けずにいい、そのまま歩き去った。

道場に戻るのなら尾行をしても仕方がない。

吉治郎が路地を出て『しのや』に戻ろうとしたそのとき、砂ケ瀬の住まいから男が二人飛びだすように出てきた。吉治郎はすっと身を隠した。

まえを走っていた三十くらいの男が、

「見失うんじゃねえぞ、道太」

といいながら新道から大通りへと走り出ていった。

「尾行するつもりなのか……」

吉治郎が独りごちた。なぜ尾行することになったのか、考えても吉治郎には納得する答えが出なかった。

『しのや』に戻った吉治郎に、看板描きの啓三がいった。

鋳掛屋の伊三と傘骨買いの金太は夜の見張りにそなえて眠っている。

「あの不気味な浪人、尾行して正体をたしかめなくてもいいのですかい」

「正体はわかっている。永田勇之進さまだ。雁木の旦那《だんな》の心友でな、路地に隠れていたのも見破られ、道場に戻るだけだから尾行しても無駄だと釘《くぎ》を刺された。放っておくしかねえよ」

吉治郎は不機嫌な顔をし、六郎兵衛の住まいに目を向けた。

「なにを考えておいでなのだ……」

と呟いたが、啓三には聞こえなかった。

二

由須原の達三郎は、永田勇之進が『無双一心流　狩野是心道場』に入るのを見届けた。

あれから朝まで見張っているが、だれも姿を現さなかった。

道場はかなり大きく、古くからあるようだった。

道太は眠たそうな顔で欠伸《あくび》ばかりしている。達三郎は道太の頬をひっぱたき、

「もっと緊張してことにあたらねえと、命を落とすはめになるぞ」

と声は小さいが鋭くいった。とはいえ、達三郎もやや退屈していた。

道場のまえに店をあけはじめた豆腐屋があった。達三郎はそこへゆき、

「まえの道場ですが、景気はどうなんですかねえ。いえね、うちの親方が道場再建に金をだすことになりましてね、元が取れるかどうか、そのあたりを聞きまわってみろ、と命じられたものですから」

と尋ねてみた。

豆腐屋の親爺は頑固そうな目つきでぎろりと達三郎を睨《にら》み、背を向けた。だが、

「他人《ひと》さまの台所事情がどうなっているかなど知らねえし、知りたくもねえが、近ごろ門弟が減ってるのはたしかだな。師範代は横になって酒を呑みながら門弟の稽古《けいこ》をみているだけだが、飛ばす檄《げき》は厳しいらしくてね、若い者が寄りつかねえらしいよ。あの師範代は、どこか得体の知れないところもあるし、体の具合のあまりよくない是心先生から、道場を乗っ取ろうとしているという噂も耳にしたしね。あんたの親方にいっときな、あの師範代を信用すると、痛い目にあうよ、とね」

達三郎に背を向け、大きな水桶《みずおけ》のなかで豆腐をきりながら話してくれた。

「そうですかい、ありがとうございました。どうやら道場からは手を引いたほうがよさそうだと親方に伝えておきます」

礼をいいながら達三郎は、道場がかたむきかけているのはほんとうの話らしいな、と考えていた。それに、昼間から横になって酒を呑み、門弟に檄だけを飛ばしているような人物なら、友を裏切るのを苦にするとも思えない。とすると、永田勇之進は、雁木百合郎の密偵ではない、とみていいだろう。

みあげると豆腐屋は二階建てだった。

「二階に空いている部屋はないかね。道場がどんな具合か、二、三日、道場側には内緒でみておきたいのだ。なにせうちの親方は五百両という大金を投じようとなさっているのでね」

「嫁にいった娘が使っていた四畳半が空いてるけど、いくらだすね」

豆腐屋の親爺が、先ほどとは打って変わったにこやかさでいった。

豆腐屋の二階の四畳半はがらんとしていて、娘が使っていた形跡はどこにもなかった。借り手があれば貸すつもりで空けていたのかもしれない。

窓を細目にあけて外を覗《のぞ》くと、道場の門がみえた。門脇には柿の木が植えられていて青い実をつけていた。その実が無数に落ちている。

「こいつはいい」

ここで張っていれば永田勇之進が外出するのを見逃すことはない。道場のまわりは練り塀に栫《かこ》まれ、裏口から抜けだせないのは、昨夜のうちにたしかめていた。外に抜けだせるような、塀の崩れたところもなかった。

四つ刻（およそ午前十時）をすぎたが、門下生がやってくる気配はなかった。だが道場から竹刀《しない》を叩きあう音と気合いを発する声が聞こえているのは、住みこみの門人がいるからだろう。しかし、その声も一人か二人だ。

どんな稽古をしているのか、達三郎は道場を覗いてみたくなった。が、尾行してきたことを永田勇之進に気取《けど》られたくはなかった。

午時分《ひる》、豆腐屋の親爺が気を利かせ、

「腹がすいただろうと思ってな」

二人分の昼飯を運んできた。豆腐の根深汁《ねぶかじる》と厚揚げ、鰺《あじ》のひらきに沢庵《たくあん》漬けと丼飯《どんぶりめし》だった。

「気が利くじゃねえか。それはいいけど、まさかこれも金を取るんじゃねえだろうな」

「三日の約束で一両もらったのだから、まあ、これは奢《おご》りということで。だが夕飯からは金をもらう」

親爺は盆をふたつおき、上機嫌で階段をおりていった。

達三郎は親爺のがめつさを腹立たしく思いながら見送った。だが飯は旨《うま》かった。

午をすぎても似たり寄ったりだった。門下生はやってこないし、道場から出てゆく者もいない。剣術の稽古は終わったのか、竹刀の音も聞こえなくなっていた。

道太には、緊張していないと命をなくすことになりかねない、といっておきながら、達三郎も退屈を覚えはじめていた。

とにかく、道場のまわりではなにも起こらないのだ。

「酒呑んで寝ちまったんじゃねえですか」

道太がいった。

こういう日がつづくのなら、見張っている意味はないが、と達三郎が思いはじめたとき、道場の玄関があき、永田勇之進が出てきた。

袴をはいて大刀をひと振りだけ落とし差しにしている。

「いくぞ」

達三郎は小声でいい、階段をおりていった。道太もそれにつづいた。

日本橋本革屋町を出た永田は南に歩を取り、日本橋川にぶつかると、川沿いの道を大川に向かってくだりはじめた。

達三郎と道太の二人は物陰や木陰に身を隠しながら永田を尾《つ》けた。

永田は目的地があるようで、あたりに目を配ることなく江戸橋《えどばし》をすぎ、永代橋に差しかかった。

「どこまでゆくつもりでしょうか」

「それが知りてえからこうやって尾行してるんじゃねえか。黙ってろ」

永田はすでに永代橋のなかほどを歩いている。

永代橋をわたった永田は右に折れ、深川相生町《あいおいちょう》の先で左に折れ、正源寺門前をすぎても歩む速さを緩《ゆる》めなかった。

永代寺門前の大鳥居をくぐり、富岡八幡宮のまえをとおりすぎて州崎へ入った。

左手の掘割沿いに料理屋がぽつんぽつんと建っている。むかしのこのあたりは景観を求めてやってくる客相手の料理屋が建ちならんでいたと聞いているが、寛政《かんせい》の大津波でみな波にのまれ、いまではみる影もなくなり木置場がまるみえになっている。州崎弁財天の門前の草っ原には石の『津浪警告碑』が立てられ、そのまわりだけ草が刈り取られていて参拝客の目を引いている。

右手は藪《やぶ》の原と松林がつづき、陽も落ちかかっていることから、ひとの姿もみえない。

波の音とともに潮の香りが漂っている。

「一体どこまで……すみません。いえ、おれたちは人気《ひとけ》のないところまで誘《おび》き寄せられているのではないか、といらぬ想像をしまして……」

「誘き寄せだと……よけいなことを考えるんじゃねえ。ついていけばわかる」

「でも、鬼瓦が待ち伏せしていたとしたら……」

「それなら相手にひと太刀《たち》でも浴びせてから殺される。それだけのことだ。それが厭《いや》なら、おめえはここで待ってろ」

「そんな……」

といって強がってはみたが、道太にいわれて達三郎も、罠《わな》ではないか、と危惧《きぐ》しはじめた。

——おれは、雁木百合郎を殺したがっている頼み人の名を知っている——。

このことだった。道太がいうように、万にひとつ、これが鬼瓦が仕掛けた罠だったとしても、おれが頼み人の名を知っていることを鬼瓦は知らない。

そのことからも、これは鬼瓦が仕組んだ罠ではないとわかる。もうひとつ考えられることがある。それはおれを人質にして元締めから頼み人の名を聞きだすことだ。が、砂ケ瀬の六郎兵衛は、たとえ息子や娘を人質に取られたとしても、金蔓《かねづる》となればそれを易々《やすやす》と吐くような人物ではない。鬼瓦がそれを知るのはさほど難しくはない。ほかの香具師の元締めを二、三あたればわかることだ。

ということは鬼瓦が罠を仕掛ける意味はない。これはおれたちに仕掛けられた罠ではない、と達三郎なりに結論づけ、落ち着いた。

永田が松林に足を踏み入れた。

「道太、立ちどまってるんじゃねえ、見失うぞ」

松林がきれたあたりは草っ原で、狭い砂浜の先には白い波が打ち寄せている。

達三郎と道太は腰を屈《かが》め、松林に入っていった。

枯れ落ち葉を踏みながら松林を抜けると、立っている二人の影がみえた。

「薄暗くて顔がわからねえ、もう少し近づいてみようぜ」

「あまり近づきすぎてばれたら……」

「わかってる」

達三郎は松の陰に身を隠しながら、話し声が聞こえる場所まで近づいた。

「雁木、おまえを裏切る形になって悪いとは思うが、おれにとってはおまえとの友情より、道場の存続のほうが大事なのだ。道場の礎《いしずえ》になってくれ」

永田がいった。相手は鬼瓦だ。

「おまえも所詮《しょせん》その程度の人物だったというわけだな、永田。おれのやっていることは正しいと、おのれを納得させるために、門下生のためだとか、道場存続のためだと、ご託《たく》をならべ立てやがるが、結局は金が欲しいだけの、そのあたりの食いつめ浪人と変わらねえじゃねえか」

鬼瓦がいった。声が大きく、激昂《げっこう》しているのがわかる。

「ぬう……いわせておけば」

永田が抜刀し、正眼にかまえた。

鬼瓦はじっと動かず、永田をみていたが、やがて左足を半歩引いて腰を落とし、これも抜刀した。刀を右に寝かせて刃《やいば》を返し、切尖《きっさき》をややさげている。

「師匠が泣くぞ」

鬼瓦がいった。

「いうな、雁木」

永田が叫んだ。と、その刹那《せつな》、斬りかかっていった。

やや上段から打ちおろしてきた永田の刀を鬼瓦が左上に払い、すっと右に飛んだ。返す刀で永田の胴を右上に斬りあげた。

永田は右足を蹴って退き、鬼瓦の刀の棟《むね》を叩いた。その刀を振りあげて刃を返し、右に薙《な》いだ。

鬼瓦は切尖を天に向けてすっと立て、永田の刀を防いだ。

そのあとの攻防は目まぐるしく、達三郎の目には二人がどう動いているのかわからなかった。ただ剣戟《けんげき》の音だけが波の音を掻き消すように響いている。

鬼瓦がざざっと後退《あとずさ》りして右足で踏ん張った。

永田の切尖は鬼瓦の膝元にあった。

鬼瓦が上段にかまえ、斬りつけようとした。そのとき、永田が左に動き、鬼瓦の腹を右から左に払った。

二人の動きが一瞬とまった。

どうなっているのか、達三郎にはわからなかった。が、鬼瓦の体がぐらっとかたむいた。永田になにかいいながら左膝を突き、左手を突いて横にたおれた。

「やりやがった……」

達三郎が思わず声にだしていた。その声が聞こえたようで、永田が達三郎たちのいるほうをみた。薄暗くなっていてたしかではないが、顔を歪めているようにみえた。

「そこにいるのなら、こっちにきて手伝え」

永田がいった。

六郎兵衛元締めの住まいに鬼瓦の屍体を運ぶには大八車がいるな、と思いながら達三郎は永田のそばにいった。

鬼瓦の屍体をみた道太が、うっといって二、三歩走り、吐瀉物《としやぶつ》を撒《ま》き散らした。

　腹が真横に断ち割られていて臓腑《ぞうふ》が飛びだし、胸から顔にまで血飛沫《ちしぶき》が飛び散っている。剣客に斬られた屍体を初めてみたが、このように無惨な姿を晒《さら》すものかと、達三郎も胃の腑を鷲掴《わしづか》みにされたようで、吐き気が喉元まであがってきた。

だが、かろうじてのみくだした。

「大八車を探してきましょうか」

「屍体を海に放りこむ。足を持て」

「しかし……元締めにもみてもらわなければ……」

「奉行所同心の屍体だぞ。持ち帰ってどうする」

「どこかに埋めるとか……」

「埋めたとしても、万にひとつ犬にでも掘り返されてみつかったら、奉行所の連中は下手人《げしゅにん》探しで躍起になり、捕縛するまで騒ぎはおさまらぬ。なかには口の軽い浪人者もいるから、そいつの口から六郎兵衛の名が出ねえともかぎらねえ。おめえもただではすむめえな。仲間を殺されたのだから、役人の責めは厳しいぞ」

　達三郎は怖くなった。

「だから、海に流して鱶《ふか》の餌《えさ》にしてしまえば、殺されたかどうかもわからぬから騒ぎにもならぬ。砂ケ瀬の元締めには、おまえがみたままを知らせればよい。ほら、だれかにみられねえうちに、早く手伝え」

達三郎は躊躇《ためら》った。永田のいったことはもっともだ、とわかってはいたが、屍体に触るのが不気味だった。

「屍体を運ぶこともできねえ意気地なしか、てめえは」

屍体の両腕をつかみ、引きずろうとしている永田がいった。

むっとした達三郎は鬼瓦の両足をつかみ、抱えあげた。屍体は重いと聞いたことがあるが、大男の鬼瓦は予想をはるかに超えて重かった。

腹から垂れさがっている臓腑がゆらっと揺れ、したたった血から異様なにおいが立ちのぼった。

また吐き気がこみあげてきた。

道太は両手を地面に突いて吐いている。

「いいか、せーので海に放りこむぞ」

いった永田がかけ声をかけ、二人で鬼瓦の屍体を海に放りこんだ。

屍体は波にのまれ、すぐみえなくなった。海は真っ暗で水平線もみえない。

「さあ、ぐずぐずするな。逃げるぞ」

永田に命じられたまま逃げるしかなかった。が、足元に落ちている十手《じって》に目がとまった。達三郎はそれを拾いあげ、懐に入れた。

道太はまだうずくまっていた。

達三郎は襟首をつかんで立ちあがらせ、永田のあとを追った。あたりに気を配ることも忘れていた。

三

「なに、あの鬼瓦を殺《や》ったのか」

砂ケ瀬の六郎兵衛は驚いた顔をしたが、あまり本気にはしていないようだった。六郎兵衛のまえにある長火鉢の猫板には、血のこびりついた十手がおいてあった。州崎の浜辺で達三郎が拾ってきたものだ。

「みたままを話せ」

永田の脇に座っていた達三郎に向かっていった。

州崎から戻るまでのあいだ、三人はひとことも口を利かなかったが、永田が鬼瓦を斬る瞬間を幾度も思いだしながら達三郎は、永田を敬うようにさえなっていた。昨日の夕刻、鬼瓦を殺してやるから二百両用意しろといってきたときと変わらぬ横柄《おうへい》な態度だが、それも気にならなくなっていた。

「あっしと道太は、昨夜、道場まで永田さまのあとを尾け、きょう、陽がかたむきかけたころに出かけられるのも尾行して州崎までゆきました」

いつの間にか、永田をさまづけで呼んでいる。だがそのことに達三郎は気づいていなかった。

「うむ、それで」

六郎兵衛が苛《いら》ついたようにいった。州崎だけの話にしろ、といいたかったのだが、かろうじて堪《こら》えた。

「州崎に着いたのは夕暮れどきで、永田さまが松林に入っていかれたので、あとを追いますと、草っ原がきれたあたりの砂浜で、すでに鬼瓦と向かいあって立っておられました」

達三郎は背後に座っていた道太に目を向けた。

道太がうなずいた。まだ顔が青白く、血の気が戻っていない。どこかに反吐《へど》がこびりついているのか、道太の体からはものが饐《す》えたようなにおいが漂っている。

「そこで、おまえとの友情より道場存続のほうが大事なのだ、というようなこと

をおっしゃいまして、それに鬼瓦が、結局は金が欲しいだけだろう、というような
なことを返して、斬りあいになりました」

「うむ……」

六郎兵衛も興味がわいてきたようで、体をのりだした。

「どれほどの時が流れたのかはわかりませんが、かなり激しい斬りあいがつづきまして、ついに、永田さまが鬼瓦の腹を一刀の元に……」

思いだしたのか、うっというような声をあげて口を押さえた道太が、慌てたように部屋を走り出ていった。

「鬼瓦は腹を断ち割られ、血まみれでした。大きくあいた傷口から臓腑がどろっとはみだしておりまして……」

六郎兵衛の顔にようやく安堵《あんど》と微笑《ほほえ》みらしいものが浮かんだ。

「あっしは鬼瓦の屍体を元締めにみせたかったのですが、町方役人の屍体がみつかったら大変なことになるから、江戸湾に放りこんで鱶の餌にしようと……永田さまが」

「放りこんだのか」

「そうだ、おれとこいつの二人でな」

「まちがいなく死んでおったのだな」

鬼瓦は斬り殺された、という言葉を聞きたくて六郎兵衛が達三郎に聞いた。

「飛びだした臓腑をみても、あの血の量をみても、たおれたときにはすでに命はなかったはずです」

「そうか、そうか」

六郎兵衛は満足そうにうなずいた。

「金はもらえるのだろうな」

永田勇之進がいった。

「ま、まあ……」

「誤魔化《ごまか》すつもりなら、次に散らばるのはおめえの臓腑だぜ、砂ケ瀬の」

「だされえとはいってねえ。ただ、手許に二百両などという大金はおいてねえのだ。きょうのところは百両、あとの百両は二、三日うちにそろえる」

と六郎兵衛はいい、長火鉢の猫板に二十五両の包みを四つのせた。

立花屋から五百両ふんだくれるのだし、二百両など惜しくはない、と端《はな》は考えていたのだが、鬼瓦が殺されたとわかったいまとなっては、百両もだしたくないという吝嗇心《りんしょく》が鎌首《かまくび》をもたげてきた。

だがまったく払わないというわけにはいかないので、なんとか百両で話をつけようと考えたのだ。道場を建て直すくらいなら百両もあれば充分だろう。

「そうか」

いって抜刀した永田が刀を振りあげ、むんと気合い声を発して振りおろした。だがなにも起こらず、刀は鍔鳴《つばな》りを残して鞘《さや》に納められた。

部屋にいた達三郎やほかの配下は一瞬黙りこんだ。が、なにごとも起こらないとわかったのか、六郎兵衛は引きつった笑いを無理に浮かべて、

「脅かしっこなしにしましょうや。肝《きも》が冷えましたぜ」

と、おのれでも丁寧口調になっていることに気づかないままいった。

そのとき、黒檀《こくたん》の長火鉢にかかっていた鉄瓶《てつびん》が真ふたつに割れ、灰のなかに落ちた。その途端、長火鉢がずるっと動き、がたんという音を立ててこれもふたつに割れた。灰がどさどさと崩れ落ち、舞いあがった。

六郎兵衛が悲鳴をあげた。それは長火鉢がふたつに断ち割られたからではなかった。巻いていた帯が斬られ、はらりとほどけ落ちたからだった。

永田は、長火鉢を断ち割ると同時に、六郎兵衛の帯も斬ったのだ。

六郎兵衛は尻で後退りしながら、まだ悲鳴にならない悲鳴をあげている。

「駆け引きをするのはかまわぬが、命を長らえるためには、気の短い剣術遣いもいることを肝に銘《めい》じておいたほうがいいぞ。とはいったが、百両あれば、道場は持ち直すだろうから、百両で話をつけてもよい」

「ど、ど、どう……いう意味で……ございますか」

六郎兵衛はまだ褌をみせたまま真っ青な顔をしている。

「おれを用心棒として雇わぬか。まえにも用心棒を雇っていたらしいじゃねえか。それだけ敵も多いのだろう。おれなら役に立つぜ、月に五両で手を打とう」

怯《おび》えた頭で六郎兵衛は考えた。岩槻弥九朗には月に十両を払っていた。五両ならそれの半分ですむし、この男に百両を払って用心棒に雇えば、四百両は我が手に残る。悪い話ではない。

しかも腕は岩槻などより数段勝る。

このところ敵も多くなってきているので、この男が用心棒なら安心できるが、なにか策略があるのかもしれない。

そのときはそのときで、酒か料理に毒でも盛って殺せばいい。

六郎兵衛の心は決まった。

「よろしゅうございます。月五両で、わたしの用心棒をやっていただきましょう」

　といって六郎兵衛は遠くをみるような目つきになり、

「手はじめの仕事として、ここを見張っている岡っ引きを退けてもらいましょうか。斬り殺すなりなんなり、好きにやってくださいまし」

「わかった。この十手はもらうぞ」

　猫板においてあった十手をつかんだ永田がすっくと立ちあがり、部屋を出ていった。

　六郎兵衛は達三郎に目をやり、

「見届けてこい」

といった。

　達三郎はうなずき、永田のあとをついていった。


「邪魔するぜ」

　こちらの返辞も待たずに襖《ふすま》ががらっとあけられた。

　岡っ引きの吉治郎とその配下の伊三、啓三、金太の四人は、『しのや』の厨《くりや》で誂《あつら》えてもらった夕飯を食っているところだった。

ぬっと入ってきたのは、永田勇之進だった。あとから、由須原の達三郎も部屋に入ってきた。

「あ……」

驚いたのは吉治郎だけではなかった。

「おれを憶えておるな、吉治郎。無双一心流の永田勇之進だ」

「はい、存じあげております」

吉治郎がいった。

永田は懐に入れていた十手を吉治郎のまえにおいた。

「見憶えがあるか」

吉治郎が十手を手に取り、みた。

「これは……」

「だれのだ」

「雁木の旦那の十手にまちがいありません。しかし、この血は……」

「おれが雁木百合郎を斬り殺し、屍体はこいつといっしょに海に投げこんだ」

「え、えええええっ」

吉治郎の配下からいっせいに声があがった。吉治郎も啞然《あぜん》とした顔をしている。

「おまえたちの仕える旦那はもういない。屍体を捜そうとしてもすでに鱶の餌だろうが、捜せば目玉ぐらいはみつかるかもしれぬ」

吉治郎は奥歯を嚙みしめたが、屍体が出ないことには、永田を役人殺しで罪に問うこともできない。

「報告する相手は死んだことだし、ここにいても無駄だ」

といって永田は立ち、部屋を出ようとした。が、立ちどまって振り向き、

「この次におまえらの姿を見掛けたら、そのときは斬り捨てる」

といいおき、さっさと帰っていった。

「そういうことだ、さっさと消えろ」

勝ち誇ったような笑いを浮かべて達三郎もいい、永田につづいた。

「親分……雁木の旦那が殺されたなんて……」

伊三が泪《なみだ》ぐんでいる。

吉治郎は無言で十手を睨んでいた。

四半刻（約三十分）ほどしたころ、『しのや』を見張っていた六郎兵衛の配下が、

「あいつら、全員引きあげてゆきやしたぜ」

といってきた。

「よし、これでおれの動きは勝手気儘《きまま》になった。いま文《ふみ》を書くから、相手に届けろ、達三郎」

六郎兵衛が嬉々《きき》としていった。

そのころ津国屋が首を括《くく》って自死した。

懐には遺書があり、

『岡っ引きの権多郎親分を殺したのはわたしでございます。妾《めかけ》殺しの手証をつかまれて千両をだせといわれたので、仕方なく手にかけました。家族や店の者はなにも知りません。どうぞわたしだけの責めで、店や家族に類が及ばないようにお願いいたします』

としたためられてあった。

奉行所ではほかの書きものと文字を比べたが、津国屋の手にまちがいなし、と判断した。

由良昌之助は勝ち誇ったように、

「権多郎殺しは津国屋にまちがいない、と睨んでいたのだ、おれは」と自慢しまくった。が、奉行所同心たちの態度は冷ややかだった。偶然だと思われたのだ。

「雁木の野郎はどこだ」

自慢したくて百合郎を捜したが、休んでいると聞いて地団駄《じだんだ》を踏んで悔《くや》しがった。

権多郎殺しはこれで一件落着となった。

江戸でも格式の高いことで評判の料理屋『膳屋《ぜんや》』は、浅草橋場の北のはずれにあった。

六郎兵衛が客を待っているのは『膳屋』の二階で、あけ放たれた窓からは大川と、その向こうに小山のような向島《むこうじま》がみえていた。

空は晴れわたり、爽《さわ》やかな風が吹きこんでくる。

十二畳間にいるのは砂ケ瀬の六郎兵衛と達三郎、それに永田勇之進の三人だけだった。だが廊下を曲がったあたりには六郎兵衛の配下が五人ほど身を潜めていた。

一枚板の檜《ひのき》の大きな食卓がおいてあるが、それにはまだ料理はなく、茶托《ちゃたく》にのった湯呑みだけがあった。

すでに半刻ほど待っている。

苛立ちはじめたのか、六郎兵衛は渋い顔をしている。

永田勇之進は床柱に背を凭《もた》せかけ、刀の柄《つか》を肩に担いで目を瞑《つむ》っていた。

「元締め……」

達三郎が苛ついたようにいった。

「落ち着け、達三郎。五百両が重くて手間取ってるのだろうよ」

「雁木を殺してくれと頼んだ者に、五百両も吹っかけていたのか、六郎兵衛。それなのに、おれの二百両を値切るとは、さすがは元締めだな」

目を瞑ったままの永田がいった。

「いまさら苦情はいいっこなしでございますよ、永田さま。永田さまとは百両で話がついたのでございますから。あっしと頼み人の話は、永田さまとは別口と考えてくださいまし」

「まあ、おれも武士の端《はし》くれだ。いまさら文句はいうまい。相手が四の五のいうときには、斬り殺してやってもいいぞ」

「まあそこまでは……」

と六郎兵衛はいい、厭な顔をした。永田がすぐ、斬り殺す、というのが気に入らないようだ。

廊下を摺《す》り足で歩く足音がかすかに聞こえた。座敷のまえで立ちどまると、

「お客さまがおみえになりました」

という女中の声が聞こえた。

永田が目をあけ、遠くをみているような目つきで障子の向こうをみた。

「きたか……とおしてくれ。それから料理も運ぶように」

六郎兵衛が嬉々とした表情を浮かべていった。

「かしこまりました」

足音が遠ざかった。

しばらくすると、失礼します、といって女中が障子をあけた。

廊下に三十代半ばの二枚目が立っていた。

男は六郎兵衛に目を遣《や》り、達三郎を無視して永田に目を向けた。

永田もみあげた。

男と目があった。なんの感情も宿していない目でじっと永田をみつめている。

永田は、どこか底知れぬ不気味さを覚えて背筋が冷たくなった。

「そのご仁《じん》は」

男がいった。

「無双一心流の遣い手で、永田勇之進さまとおっしゃいます。このお方が、鬼瓦……いえ、雁木百合郎を斬り殺してくださったのです。いまはあっしの用心棒をやっていただいておりますので」

男は六郎兵衛の話にあまり興味がないようで顔を廊下に戻し、

「運んでくれ」

と、だれかに声をかけ、障子を大きくひらいた。

駕籠昇《かごか》きと思われる二人が『越後蠟燭《えちごろうそく》』と書かれた木箱を座敷に運び入れた。

駕籠昇きが座敷を出ると、男もあとにつづいた。六郎兵衛と酒を酌《く》み交わすつもりも、なにかを話すつもりもないようだ。挨拶《あいさつ》もない。

六郎兵衛は声をかけることもできずに、男のうしろ姿を呆然《ぼうぜん》とみていた。だがすぐはっと気づき、

「あけてみろ」

と、達三郎に命じた。

立ちあがった達三郎が木箱をあけると、まちがいなく約束の小判が詰まっていた。

六郎兵衛が満足したような顔をした。

「あいつはだれだ」

永田が尋ねた。いつの間に立ちあがったのか、永田は六郎兵衛のすぐうしろに立ち、木箱を覗きこんでいた。

「どうせだれかの口から洩れることでしょうから話しますがね、あいつは本湊町に大店《おおだな》をかまえる蠟燭問屋、立花屋の主人で安右衛門。なんだか不気味な野郎でしてね、酒の席をどうやって早めにきりあげようかと考えていたので、助かりました」

四人の女中によって料理が運ばれてきて食卓にならべられた。

「廊下にいる奴らにこの木箱を運ばせておけ。一両でも欠けるようなことがあったら指詰めだからな。しっかり目を光らせておくんだぞ」

達三郎は食卓にならべられている料理に目をやり、廊下にいる配下を座敷に呼び入れた。

「これを田原町に運べ。落としたりしたら、腕を叩っきるからな」

若者二人が木箱を持ちあげ、座敷を出ていった。

料理に気が残っているらしい達三郎もあとにつづき、あいていた障子を閉めた。

「あっしは吝嗇《けち》だと思われているようですがね、遣うところは心得ております。まあ、きょうは祝いです。存分にやっておくんなせえ」

と、六郎兵衛はいい、銚子を手にとった。


帰りの駕籠に揺られながら立花屋安右衛門は、

「これでだれの邪魔もされず、あの生き人形を存分に甚振《いたぶ》り、きり刻める」

と醒めた心で考えていた。

生き人形の顔を思い浮かべただけで、体のどこかがもやもやっとして、はっとした。

思っただけでなにかが蠢《うごめ》くのだから、殺さないようにあの顔を甚振れば、もっとはっきりとした心の蠢きがあるのかもしれない。あの生き人形は殺さず、顔の皮を剝《は》がして醜くし、一生そばにおいてもいい、それとも両目を潰したうえでおれの世話をさせるか。あるいは、四肢をきり落としておいて、すべての世話をおれがしてやるのはどうだろうか、などと考えたが、あのもやもやっとした体のなかからの蠢きはもう感じられなかった。

「着きましたぜ」

考えこんでいると、駕籠がとまり、駕籠舁きの声が聞こえた。

駕籠をおりた安右衛門は、

「すぐすむから待っていておくれ」

といい、屋敷の木戸門をくぐっていった。

「ごめんくださいまし」

安右衛門が玄関で声をかけ、引き戸をあけると、品のいい中年の女が顔をだした。

「雁木百合郎さまのお屋敷でございましょうか」

安右衛門が問うと、

「はい、そうでございますが、あなたさまは」

といって女は怪訝《けげん》そうな顔をした。雁木の屋敷は、万年橋で生き人形をみかけたあと、すぐに探りだしたおいたのだ。

「わたしは日本橋で刀脇差拵所《こしらえどころ》を商っております『蔦屋《つたや》』と申しますが、雁木さまに頼まれておりました刀が手に入りましたので、一度みていただきたいと……」

六郎兵衛が嘘を吐くとは思えなかったが、万にひとつ、雁木百合郎と結託して五百両を巻きあげたのではないか、それをたしかめようとして百合郎の屋敷にやってきたのだ。しかし、もうひとつべつの理由もあった。

「それが……」

女が躊躇《ちゅうちょ》していると、六十がらみの男が出てきた。痩軀《そうく》だが、若いころにはかなり鍛えたとみえる体つきをしていた。

ひとのよさそうな顔をしている。だが、安右衛門をみる目がぎらっと光った。

雁木百合郎の父親だろう。

「うちの倅《せがれ》が刀をとな……」

「はい、いま佩《は》いているのより軽いのをと……」

「そうか。いるのなら取り次ぎたいが、いま、というより、ここ五日ほど屋敷には戻っておらぬのだ。どこにいるのか、わしらも知らぬ」

男の顔が曇り、女の目に泪が浮かんだ。これが芝居だとは思えない。ほんとうに戻ってきていないのだ。とすると、やはり永田勇之進とかいう用心棒に斬り殺された、と信じてもいいだろう。

「奉行所には」

「内密の探索をやっておるのかもしれぬでな、もうしばらく待ってから相談にゆこうと考えておったところだ」

「さようでございましたか。では、お戻りになりましたら、日本橋の『蔦屋』がきたとお伝え願います」

生き人形もこの屋敷にいるはずだが、玄関には姿を現さなかった。だが餌はまいた。この餌に食いつかなければ、べつの餌も用意してある。

安右衛門は待たせておいた駕籠にのり、

「ゆっくりやっておくれ、酒手ははずむから」

といった。

「へい」

駕籠が動きだした。

四

江依太は裏口から屋敷を抜けだし、その駕籠を追った。百合郎が、いまより軽い刀を誂えるはずがないからだ。

百合郎はいつも、

「飾りのような軽い刀など、実戦ではなんの役にも立たねえ」

といっていた。

『蔦屋』と名のったあの男は、なにかを探りにきたとみていい。

江依太は玄関脇に身を隠して話を聞いていたが、蔦屋の話のようすから、百合郎が屋敷にいないのをたしかめにきたように思えた。

七軒町《しちけんちょう》から東に向かった駕籠は越前堀に突きあたり、亀島橋《かめじまばし》に差しかかった。

「日本橋の方向とはちがうじゃねえか」

と江依太が思ったとき駕籠がとまり、駕籠舁きがたれをあげると先ほど蔦屋と名のった男がおり立った。

江依太は素早く路地に身を隠したが、

「江依太、尾行してきたのはわかってる。顔をだせ」

蔦屋が呼ばわった。

おのれの名が知られているのなら隠れていても仕方がない、と思った江依太は越前堀脇の通りに出た。

蔦屋と初めて顔をあわせたが、江依太はその目をみて胴震いがした。江依太は蛇《へび》が大嫌いだが、蔦屋は、その蛇の目をしていたからだ。ぬめっとしているが、なんの表情もないので考えが読み取れない。

「雁木百合郎はおれの手の内にある」

駕籠舁きは橋の欄干《らんかん》に凭れて煙草を吸っていて、話し声は聞こえないようだ。

「なに……」

「たしかめたかったら、明日の朝、向島の寮にこい。長命寺《ちょうめいじ》で『立花屋』の寮の場所を聞けばすぐわかる」

「立花屋……」

「そうだ。おまえのほかに人影がみえたら、雁木百合郎はすぐ殺す。いっている意味はわかったな」

といって踵《きびす》を返したが、顔だけ振り向き、

「尾行したかったらついてきてもいいぞ。逃げ隠れはせぬ。おれは本湊町で蠟燭問屋を営む立花屋安右衛門だ」

いいおくと引き返し、駕籠にのって去っていった。

江依太は、あいつは嘘はいっていない、とわかっていたが、なにもせずに雁木屋敷に引き返すわけにはゆかなかった。

立花屋は両脇に蔵をつけた黒漆喰《くろしっくい》塗りの大店で、店のまえに屋根つきの看板が立ててあった。

酒樽《さかだる》を腹に入れているような商人ふうの中年が立花屋から出てきた。

「おそれいりやす」

江依太が声をかけると、振り向いた中年が驚いたような顔をした。江依太は、また生き人形か、と思ったが、

「こいつは驚いた……おめえさん、おゑんさんの若いときに生き写しだ」

といった。

「おゑんさんとおっしゃいますと」

「立花屋の先代のお内儀。いま戻ってこられた安右衛門さんの母親だな。おめえさんのまえだが、そりゃあお美しいお方だったなあ。いや、いまでもお美しいけどな。先代もぞっこんで、早くに亡くなって、さぞ心残りだったろうと思うよ」

「安右衛門さんはどんなお方ですか」

「面倒見のいい、情の厚いお方だよ」

といったあと、じっと江依太をみつめ、

「おまえさん、だれだね」

「いえ、通りでへたりこんでいたら、団子をもらったものですから、どんなお方なのかなって」

「そういうお方だよ」

と、中年は満足そうにいい、歩き去った。

江依太は立花屋をみあげ、

――立花屋安右衛門が百合郎さまを監禁する理由はなんだ――。

と考えた。

立花屋はなんらかの悪事を働いていて百合郎さまに目をつけられていたのか。いま考えられるのは岡っ引きの権多郎殺しだが、津国屋が遺書を残して自死したことは、雁木屋敷にまでやってきた由良昌之助から厭になるほどの自慢話を聞かされている。

「おいらを拉致《らち》したあの二人の浪人者を雇ったのが立花屋だとしても……」

おいらを人質にして百合郎さまを殺すことが真の目的だったのだろうが、それにしても、やはり理由はわからない。

もうひとつわからないことがある。

江依太を立花屋の寮に呼びだす理由だ。

百合郎さまを人質に、江依太が知っているなにかを吐かせようとしているとしても、そんな心あたりは江依太にはなかった。海辺新田の小屋で人質になっているときに耳に入ったなにかだろうか。だがあの二人の浪人はほとんどしゃべらなかったし、しゃべるとしても、ひそひそ話をするだけだった。江依太の耳にはなにも届いていない。

あの小屋で江依太がなんらかの秘密を知った、と立花屋は考えているのか。それなら、おいらを呼びだし、殺してしまえばすむことだ。

それとも、おいらが刺し殺した浪人と立花屋はなんらかの血縁関係があるのか。それなら、あの浪人の仇討《あだう》ちだろうか。

江依太はまだ浪人を刺した手の感触を忘れられずにいた。が、あれは三太の仇討ちだった、と考えることにして、おのれを落ち着かせるようにしている。

江依太は、考えてもわからないなら、立花屋の寮にいってみるしかない、と心を固めた。

――この誘いには罠のにおいがする――。

が、ゆかないという選択肢はない。

薄暗いなか、境内《けいだい》の掃《は》き掃除をしていた長命寺の小坊主に聞くと、立花屋の寮の場所をすぐに教えてくれた。

立花屋の寮は平家の茅葺《かやぶ》きで屋敷林に栫《かこ》まれていた。買い取った農家に手を入れたような佇《たたず》まいだった。

いいつけどおり一人でやってきた江依太は、屋敷の裏手にある雑木林に入りこみ、そこからしばらく寮のようすをうかがっていた。寮はしんとしてもの音ひとつなく、なかにだれかがいるようでもなかった。

――やはりおいらを誘き寄せるための罠だったのだろうか――。

と思ったが、たかが、岡っ引き見習いの小僧っこを誘き寄せる理由など、寝ずにひと晩考えても思いつかなかった。

とにかく、百合郎さまが捕まっているかどうかをたしかめるのが先決だった。剣術や柔術の修行を積んでいない江依太が立花屋を出し抜けるとしたら、姿をみられずに動くことだ。

江依太は枯れ枝を踏まないように雑木林を抜け、寮の裏に近づいた。林からつながっている寮の裏手は日陰で暗く、庭もなければ仕切りの柵《さく》もない。

張り替えられた真っ白な障子だけが立ち入りを拒《こば》んでいる。

苔《こけ》のにおいがした。

障子に顔をつけて耳をすませ、なかのようすをうかがったが、ひとの気配はない。

江依太は障子に手をかけ、そっと引きあけた。障子紙をとおして入ってくる日陰の陽光しかなく、薄暗かった。目を慣らそうとしばらくなかのようすをうかがっていたが、なんの音もしなかった。

上半身を廊下に入れ、あがろうとしたその刹那、盆《ぼん》の窪《くぼ》あたりでごん、というような音が響き、江依太はそのまま気を失った。

だれかの泣き叫ぶような声が遠くから聞こえてきた。

その声がはっきりしたとき、体をぐるぐる巻きに縛られ、足も縛られていることに江依太は気づいた。

盆の窪あたりにまだ鈍痛が残っているが、あれからどれほどの時がたっているのかはわからない。

江依太が顔をあげた。

転がされているのは十畳ほどの部屋で、左手と後方は壁、右手には閉まった障子があり、それをとおった陽射しが、畳に四角い陽溜まりを作っていた。陽は高くなっている。

正面の襖が引きあけられて男と女が立ち、なにかいい争いをしていた。というより怒鳴っているのは四十そこそこにみえる美しい女で、女が怒鳴るのを立ちつくして聞いているのは、立花屋安右衛門だった。

安右衛門は抜き身の大刀を手にしている。

「やっぱりわたしに隠れてほかの女を連れこんでるじゃないか」

女がいった。おいらを女だとひと目で見抜くとは、立花屋の情婦《いろ》の、悋気《りんき》心からくる眼力なればこそだろうと、江依太は必死に縄を抜けようとしながら思った。

「朝早くこっそり出かけるのをみて、あとを尾けてきたんだ。あそこに証《あかし》が転がってるんだから、誤魔化そうったって無駄だよ」

女は錯乱したように詰め寄っているが、江依太に背をみせている立花屋の表情はわからなかった。

「なんとかおいいよ。安右衛門」

女が安右衛門に縋《すが》りついた。

そのとき、

「あっ……」

江依太が悲鳴をあげた。

安右衛門が、手にしていた刀を女に向かって振りおろしたのだ。それは気負いもなにもなく、試しに刀を振ってみた、そんなふうにみえた。

なにが起こったのかわからない、というような表情で女がいった。

「安……右衛……」

女は足の力が抜けたように、ゆっくりとくずおれていった。手は安右衛門の小袖の裾《すそ》をつかんでいる。

その手を安右衛門が足蹴《あしげ》にした。

女はまだ息があるのか、苦しそうな顔で横にたおれた。その苦悶《くもん》の表情が、役者のそれを舞台でみているような美しさを放っていた。

江依太は息をのんだ。

安右衛門がたおれている女の足元に廻りこんだ。

顔がみえた。

表情がなかった。

無表情の安右衛門が女の腹に刀を突き立てた。

かすかな表情の動きがあった。

安右衛門は刀を振りあげ、また突き刺した。

返り血が安右衛門の顔にかかった。

繰り返し、幾度もいくども突き刺した。

返り血を浴びた安右衛門の顔に表情はなかったが、なぜか、大粒の泪を零《こぼ》していた。

安右衛門も、おのれが泪を流していることは気づいていたが、なぜ泪が溢《あふ》れているのかはわからなかった。

「これはなんだ」

いままでに覚えたことのないようななにかが心を揺さぶっていた。だが、それがなにかは安右衛門には理解できなかった。

みていた江依太は、権多郎殺しは立花屋安右衛門にちがいない、と確信した。

なにが動機かはわからないが、権多郎も、万年橋の橋脚脇でこうやって殺されたのだ。

安右衛門はまだ女の腹を刺しつづけていた。

ようやく動きがとまった。

安右衛門は肩で息をしながら女の顔をみていた。

返り血に染まった顔を江依太に向けた。

きり刻んで慰めものにしてやろうと考えていた生き人形の顔が、みすぼらしいものにみえた。初めて万年橋のたもとでみかけたあの者とは別人にみえた。いまさらこの生き人形を甚振《いたぶ》ってもなんにもならないだろうとわかった。だが、母を殺すところをみられたからには生かしてはおけない。

「やめろ……」

安右衛門は血だらけの足を一歩、江依太に向けて踏みだした。

「江依太」

叫びながら、大男の浪人者が飛びこんできた。

あとから岡っ引きの吉治郎も走りこんできた。

「おまえは……六郎兵衛の用心棒ではないか」

血に染まった安右衛門の面相はおどろおどろしいが声は落ち着き、乱れはなかった。

「そうだ、永田勇之進だ」

「その用心棒がなぜここに」

「百合郎さま……」

両国鈴成座《すずなりざ》の座つき化粧師《けわいし》直次郎《なおじろう》が丹精《たんせい》こめて作りあげた永田勇之進を、江依太はひと目で百合郎だと見抜いた。

ひと目で雁木百合郎だと見抜いたのは江依太だけではない。吉治郎も、砂ケ瀬の六郎兵衛の住まいに入っていく浪人をみたとき、

「あれは雁木の旦那だが、なぜ変装などを……」

と、気づいていた。

あとで吉治郎たちが見張っている『しのや』の座敷にきたとき、

「雁木百合郎の屍体を捜せば目玉くらいはみつかるかもしれぬ」

といったのを聞いて、吉治郎は、おれを見張っていろ、という謎かけだと察した。一旦は『しのや』から引きあげたとみせかけ、吉治郎一人でべつの場所からずっと六郎兵衛の住まいを見張っていたのだ。

橋場の料理屋『膳屋』にも尾行していっている。

昨日の深夜、永田に化けた百合郎が立花屋にいったとき顔をあわせ、それから

二人で張りつき、ここまで立花屋を尾行してきたのだった。

安右衛門の乗った駕籠をべつの駕籠が尾けているのにも気づいていた。

その駕籠からは女がおりてきて、寮に駆けこんでいくのもみていた。

「逢い引きか……」

百合郎がいい、しばらくようすをみていた。逢い引きなら踏みこんでもなにもならない。

しばらくすると、なかから、やめろ、という声が聞こえた。

「あれは江依太の声じゃあ……」

吉治郎がいったとき、すでに百合郎は走りはじめていた。


「雁木百合郎は永田勇之進に斬り殺されたはずでは……六郎兵衛の配下が屍体をみたとか……」

安右衛門は淡々としていて驚いているようすはない。

「あの屍体が心友の永田勇之進だったのだ。もっとも、猪《いのしし》の血と臓腑を詰めて腹に巻いていた小便袋を斬り裂いただけだがな」

猪の小便袋は、なかに水を入れてしっかり結べば、蹴鞠《けまり》にも使えるほど丈夫だ。

それとともに、贓胕と血も百合郎が知りあいの『ももんじ屋』から手に入れた。永田勇之進を雁木百合郎に仕立てたのにも、直次郎の力を借りている。

「なぜこの女を殺したのだ」

百合郎が聞いた。

「さあ、おれにもわからぬ。わかったら教えてくれ」

「妾《めかけ》か」

「母だが、どうでもいいことだ。しかし、みられたからには生かしてはおけぬな」

安右衛門が刀をかまえた。

百合郎も抜刀し、対峙《たいじ》した。

「ひとつ教えてくれ。権多郎を殺したのはおぬしか」

「そうだ。どちらかが死ぬまで強請《ゆすり》をつづけるようなことをいったので、仕方がなかったのだ」

安右衛門の目にはなんの表情もなかった。

「もうひとつ、津国屋はなぜ、権多郎を殺したという遺書を残して自死したのだ」

「おれの罪を被ってもらったのだ。権多郎の帳面で、津国屋が妾を殺して庭の隅に埋めたことを知った。自死せぬと、女房子、親類縁者にまで類が及ぶように仕向ける、と脅したら、うなずいてくれた」

書きつけでも読みあげるように、抑揚なくいった。

安右衛門が、じりっと右に動いた。

その隙に吉治郎が江依太のそばに駆け寄り、縛ってある縄を解きはじめた。

安右衛門はそれをちらっとみたが、なにもせず、なにもいわなかった。

「おぬし、剣術の心得があるようだな」

そのかまえから、立花屋に剣術の心得があるのはわかった。だが、殺気がまったくない。それはなぜだろうか、と百合郎は不気味だった。

もしかしたらおれを斬る気などなく、おれに斬られて母のあとを追いたいのか。

「話してもわかってはもらえないだろうが、こっちにもいろいろあってな」

「それならなぜ、おのれでやらずに浪人を雇ったのだ」

「ひとにやらせたほうが、おれに害が及ばない、と見積もったからだ」

安右衛門はひと息つき、

「おしゃべりはもうよかろう」

といって、じりっと足半分だけ踏みこんだ。

百合郎は二歩踏みこみながら切尖をすっとあげ、裂帛《れっぱく》の気合いとともに振りおろした。

安右衛門は百合郎の刃をがしっと受け、押しこんできた。

痩軀なのに力が強かった。

百合郎は思わず後退った。

二人の顔がぐっと近づいた。安右衛門が奥歯を嚙みしめたのはわかったが、表情は変わらなかった。

百合郎が押し返し、二人のあいだが二間ほどはなれた。

江依太は吉治郎に助けられ、二人とも次の間に身を移していた。

二人が安右衛門に斬られる心配はない、と思った百合郎は、左足で障子を蹴破り、庭に飛びおりた。

安右衛門も廊下から身軽に跳び、庭におりたった。

庭は丁寧に手入れがなされ、雑草はおろか、小石のひとつさえ落ちていなかった。

百合郎と安右衛門はふたたび一間の間合いを取って対峙した。

安右衛門の剣はすべて、剣術の師匠颯真神陰流村井定則安直《そうましんかげりゅうむらいさだのりやすなお》の模倣《もほう》だった。

父には、

「情が理解できないのなら、すべて模倣して生きよ。表情も仕種《しぐさ》も、相手に対する態度もすべて模倣して身につけよ。そうしなければ生きてゆけぬ」

と厳しくいいつけられた。

剣術道場に入門したのは、ひとに叩かれ、ひとを叩くというのはどういうことかを知りたかった安右衛門が、父に頼んだことだが、

「ひとに叩かれるとその者に負けたくない、遣り返したい、という情が生まれるものだ。もしもそのような情が生まれなかったら、打ちこまれ、負けた者の表情を盗め、そして模倣しろ。おまえは痛みは感じるのだから、おおげさに痛がってもいい。逆に門弟に打ちこんだとき、なんの情も生まれなかったら、打ちこんで得意そうになっている者の表情を真似し、その者の振る舞いを模倣するのだ」

と、父に教えこまれた。

安右衛門は、父に教えられたとおりに模倣したが、その模倣は門弟だけにとどまらず、師匠の一挙一動にまで及んだ。

そのうえで、安右衛門の行動は、

「師匠はなぜこのような立ちあいをしたのか、なぜあそこで竹刀を下段にかまえ直したのか」

などということにまで及んでいった。

剣術がなにかの役に立つと思ったわけではないが、師匠の模倣をしているうちに、怒りや妬《ねた》み、憎悪、情をかけてやる、という感情のない安右衛門の剣術の腕は、師匠がなぜあれをやったのかということを理詰めで究めることによって、同門の者が恐れるほどにあがっていった。

あるとき、師匠の村井定則に呼ばれ、

「おぬしにはもう教えることはない。これからは一人で修行をするがよい」

といいわたされた。村井定則の人物をみる目はたしかで、安右衛門の人格になにか尋常ではないものを感じ取ったのだろう。態《てい》のいい破門だった。免状ももらえなかった。安右衛門には免状をほしがる欲はない。

安右衛門は知らないが、後日村井定則は、江戸の道場主の集まりがあったとき、

「あの人物は化けものじゃよ。関わらぬほうがよい。いや、本来なら斬り殺しておいたほうがいいのかもしれぬが、いまのわしでは歯が立ちそうもない」

と洩らしている。

その化けものが母の返り血を浴び、いま、雁木百合郎と対峙していた。

正眼にかまえていた安右衛門が、右足をすっと引いて八双《はっそう》にかまえを変えた。

だが表情も変わらず、殺気も膨《ふく》らまないので、打ちこんでくるのかどうかまったくわからない。

百合郎は正眼にかまえたまま、踏みこむことも、引くこともできなかった。わずかでも動けば、斬りこまれる、という不安があった。

安右衛門は、八双にかまえた刀の切尖をわずかずつさげている。

目をみても、安右衛門の心は読めなかった。

不意に刃を返し、右下から左上に斬りこんできた。百合郎はよけるのが半呼吸遅れた。

「あっ」

玄関から二人の立ちあいをみていた江依太は思わず声をあげていた。

吉治郎は息をのんだ。

半歩引いた百合郎の右袖が斬られ、血がしたたっていた。

もうひと呼吸遅れていたら、百合郎の右手は落ちていたところだ。

安右衛門はすっと刀を引き、二の太刀、三の太刀、と打ちこんでくることなく、ふたたび正眼にかまえた。

顔に飛び散った血は乾きつつあったが、表情は変わらなかった。

安右衛門が、ゆっくり下段にかまえを移した。

百合郎は刀を上段にあげ斬りおろした。安右衛門は体を振って軽く流し、刃を返して真下から垂直に斬りあげてきた。百合郎は刀を真横に寝かせて鎬《しのぎ》で受け、引き抜きながら右にまわりこんだ。切尖をさげ、刹那、刃を返して左上に斬りあげた。安右衛門は軽々と跳び退き、刀をあわせてきた。安右衛門の刀は右手に切尖を向けて真横に寝かされていた。

下から斬りあげた百合郎はそのまま突いた。

安右衛門は体を右に捻《ひね》り、百合郎の刀を右脇に流した。その刀を下から叩きあげ、百合郎の刀が泳いだところを右下から左上に薙いできた。

百合郎の小袖がぱっくりと割れ、たれさがった。だが安右衛門の刀の切尖は、腹の皮にまでは届いていなかった。

安右衛門は勝ち誇った表情もみせず、なにごともなかったかのように刀を正眼にかまえ直した。

人斬り人形と遣りあっているようで、相手を殺してやろうという気魄《きはく》も殺気もなにもない。

――なんて奴なんだ――。

百合郎は怯えていた。斬りあいの場数もかなり踏んでいるが、こんなことは初めてだった。足が竦《すく》んで動けない。

「旦那……」

なんとか手助けをしたい、と考えて飛びだそうとした江依太の腕を、吉治郎がつかんだ。

「旦那の邪魔をするんじゃねえ。おとなしくみてろ」

「しかし……」

「おめえになにができる」

吉治郎の顔面は蒼白《そうはく》になっていた。

江依太は痛いほどの力で腕をつかまれていたが、吉治郎はそれに気づいていないようだった。

百合郎は気持ちが顔に出る類《たぐい》の人間だった。

――もしや……――。

それを読まれ、先に先に手を打たれているのか。

相手が無表情を装っているのは、おのれの表情から内心を読み取られなくするための手立てなのではないか。

いい換えれば、安右衛門にとっては、対峙した相手の表情こそが頼る命綱ではないのか。

安右衛門が表情を読み取らせないための策として無表情を保っているとすれば、相手からそれを読み取られてはまずい、と考えているからだろう。それなら、こちらも表情を読み取られないような工夫をすればよいのではないか。

百合郎は、対戦相手の一切の表情を読むのをやめた。そして百合郎も気を落ちつかせ、化粧師の直次郎が含ませてくれた含み綿を吐きだした。

口を真一文字に引き結んで表情を消した。

「旦那はなにを……」

吉治郎と江依太は信じられないものをみた。正眼にかまえた百合郎が目を瞑ったのだ。いや、瞑ってはいない。瞑ったかにみえるほど、かぎりなく目を細めたのだ。

百合郎は無表情の顔をあげた。相手がかろうじてみえた。

安右衛門は無表情のまま正眼のかまえからやや切尖をあげ、正眼と上段の中間あたりの位置に刀をとどめた。

百合郎は正眼から下段にかまえを移し、刃を返した。

溜めていた息を吐いた。

息をとめた。

石の地蔵になりきろうとした。

やや時が流れた。

百合郎は浅い呼吸を繰り返しながら、微動だにしなかった。

長い時がすぎた。いや、それは対峙している者だけが感じた時の長さだったといえるのかもしれない。

みている者には一瞬だっただろうか。

気がつくと、対峙した二人の立ち位置が入れ替わっていた。

「どうなったんだ」

吉治郎が思わず叫んだ。

百合郎も安右衛門も刀を振りきったまま動かなかった。やがて百合郎の身体がぐらっと揺れ、右膝を突いた。

「あっ……旦那」

吉治郎が駆けだそうとした刹那、安右衛門が真横に、木材を押したおすようにどうとたおれた。断ち割られた腹から噴きだした血が扇《おうぎ》の先のような形を作り、安右衛門の身体を追いかけていった。

「旦那」

叫びながら吉治郎が駆けた。

脚が震えていた江依太も、よろつきながらあとを追った。

百合郎はぺたんと尻餅《しりもち》をつき、

「まいったぜ」

といい、安右衛門に顔を向けた。ひどい汗で月代の髱《かもじ》が取れかかり、顔に翳《かげ》りを作っていた化粧が流れ落ちている。

安右衛門は腹から夥《おびただ》しい血を流し、すでにこときれていた。血のにおいが漂っている。

五

立花屋に呼ばれて寮にいったら、立花屋が錯乱して母を殺し、刃向かってきたので仕方なく斬った。死ぬとき、権多郎に脅迫されたので殺した、と白状した。母を殺した理由はわからない。という百合郎の説明を筆頭同心の川添孫左衛門が了承して一件落着となった。

蠟燭問屋の立花屋は闕所《けっしょ》という裁定がくだされた。

由良昌之助は、権多郎を殺したのは津国屋だといい張り、ほんとうの下手人は立花屋安右衛門だといっても信じようとはしなかった。だが、権多郎の帳面や書きつけが安右衛門の手文庫からみつかったことで、渋々ながらも、認めざるをえなかった。

砂ケ瀬の六郎兵衛の用心棒だった岩槻弥九朗の所持していた名刀景政は、同心詰所の刀掛けにそのままあった。だれも興味を示さず、触れたものさえいなかったようで、うっすら埃《ほこり》がたまっていた。

「これをわたくしに……」

景政を手にした刀剣蒐集家《しゅうしゅうか》の凌霄《のうぜん》が驚いていった。

「奉行所の蔵で錆《さ》びさせては勿体《もったい》ないと思ってな」

「では五百両ほどで……」

「そんなものはいらねえよ。岩槻弥九朗の形見だ。大切に扱ってくれ」

凌霄はしばらく百合郎の顔をみつめていたが、やがて、両手で刀を押しいただき、深々と頭をさげた。

永田勇之進に礼をいうために無双一心流の道場へ出向くと、永田は道場のまえの豆腐屋で豆腐を買っていて、百合郎の顔をみると嬉《うれ》しそうに笑った。雁木百合郎になりきって斬り殺されたことを芯から楽しんだようだ。

屍体をはっきりみせないためには海に放りこむことが必要だったが、永田は泳ぎも達者だ。

百合郎は豆腐屋の親爺に礼をいった。

親爺に、道場がかたむいていることや、師範代は昼間から酒を呑んで檄を飛ばしているだけ、など、達三郎に吹きこんでもらったのは百合郎だった。

門下生には、二、三日道場へは近づくな、とも釘を刺しておいた。

「きょうはゆっくりしていけるのだろう」

と、永田は桶に入れた豆腐をみせたが、すぐ眉間《みけん》にしわを寄せて、

「そうだった。おまえは、いくら呑んでも酔わねえ質《たち》だったな。呑ませるだけ無駄か」

といい、また大声をあげて笑った。

川越から荷を運んできた荷舟の船頭に、

「川越までのせていってくれねえか」

と頼むと、船頭は、

「ようございますとも、帰りは空舟でございますから」

と、快く引き受けてくれた。

百合郎と、三太の遺骨を抱いた江依太は荷船にのり、新河岸川《しんがしがわ》をさかのぼっていた。

夏も終わりに近づき、川面《かわも》を撫《な》でてくる風が冷たさをおびてきていた。

「あの……海辺新田の小屋に囚われていたときのことですがね」

舟の縁《へり》から手を伸ばし、川面に遊ばせていた江依太が口をひらいた。

「話したくなければ話さなくてもいいぞ」

お江依が浪人に犯された話など、百合郎は聞きたくなかった。江依太が浪人を殺したことも、もうすんだことだとして心の奥底にしまいこんだつもりになっていた。

「いや、聞いていただきたいのです」

百合郎と江依太は舳先《へさき》のほうに座っていて、小声で話せば、艫《とも》で櫓《ろ》を漕《こ》いでい

る船頭には聞こえない。

「それでおまえの気がすむのなら、話せ」

あのとき、江依太が、駄目、そのひとを殺さないで、と叫んだ声が蘇《よみがえ》ってきた

百合郎は、胸騒ぎを覚えていた。

「あの浪人、裾を捲《まく》りあげておいらが女だとわかったら裾を元に戻し、はなれた

場所に座ったっきり、ひとことも口を利かなかった。あそこであったのはそれだ

け」

「そうか……そのひとを殺さないで、と叫んだんで、なにかあったのではないか

と、実のところ、気を揉《も》んでいたのだ」

江依太が不思議そうな顔で百合郎をみた。

「おいらがそんなことをいったのですか」

「憶えてねえのか」

「まったく」
といって江依太はしばらく川面に目をやっていたが、やがて、
「話がしたかったのかもしれませんね。なんだか気になるひとではありましたか
ら」
と呟《つぶや》いた。
荷舟は櫓臍《ろべそ》の心地よい音をたてながら、川面を滑っていった。
三太が生まれたという新田村《しんでんむら》は、川越の町から東に半刻ほどのところにあった。
川縁に建った古い百姓家の庭先で鍬《くわ》の手入れをしていた老人に、
「ひとむかしまえ、この村に、三太という若者がいたはずだが、憶えているか
ね」
そう尋ねると、老人は胡散臭そうな目を百合郎に向けた。そのあと江依太に目
を移し、珍しいものでもみるような顔をした。
「あんたら、江戸からきなすった役人かね」
夏羽織を着て髷《まげ》を小銀杏《こいちょう》に結っているのが町方役人だということは、このあた
りにも知られているようだ。

「そうだ。三太が人助けをして命を落としたのだ。それで遺骨を届けにきた」

百合郎がいった。

老人が、江依太が抱いていた風呂敷包みに目をやった。

「おいらが、三太に命を救われたのです」

老人がうなずいた。

「三太の父親は伍作《ごさく》というがね。この先の……庭に大きな桜があるから家はすぐわかるが、三太の骨など持っていってても仕方がねえんじゃないかねえ」

「それはどういう意味だ」

老人はふたたび顔を落とし、砥石《といし》で鍬の刃を研《と》ぎはじめた。

「まあ、試しにいってみればわかる」

老人のいっていた、庭に桜のある家はすぐわかった。玄関で声をかけると、六十代と思われる、薄い髪が灰色になった男が顔をだした。日焼けで顔は赤黒く、小柄で腰が曲がっている。目だけが、ぎょろっとして白かった。その目が三太に似ていなくもない。

「三太の実家かね」

百合郎が聞いた。だが男は黙って百合郎をみているだけで、返辞はなかった。

「ここが三太の実家だと聞いてきたのだ。三太の遺骨を届けたくてな」

「三太なんて奴は知らん。帰《けえ》ってくれ」

いうと土間におりてきて百合郎があけた戸をぴしゃりと閉めた。取りつく島もなかった。が、それゆえに、あれが三太の父親だとわかった。しかし、それとわかっても、遺骨を玄関のまえにおいて立ち去るわけにはゆかない。

「あけて、話を聞いてくれ」

百合郎が玄関戸を叩いたが、なかから返辞はなかった。心張り棒をかけたようで、戸は動かなかった。

どうしたものか迷っていると、家の脇から、あたりをうかがいながら老女が顔をだし、左方を指差した。

老女が指差したところには納屋があって、老女はその納屋の裏手にまわっていった。百合郎と江依太は顔を見合わせ、老女についていった。

納屋のうしろは山につづく緩やかな坂道になっていて、老女はその坂をあがったところにある小さな神社のまえで立ちどまっていた。木材でできた鳥居がかたむき、腐りかけて一部には苔が生えている。

百合郎と江依太が近づくと老女は腰を折り、

「三太の母親のりくでございます。あなたさま方の話を台所で聞いておりました」

といって、江依太が抱えている風呂敷包みに目をやり、手を伸ばして結び目を撫でた。

「なぜ死んだのでございますか」

百合郎は、三太が殺されたくだりだけを包み隠さずに話した。

聞きながら老母は泪を流し、あの子がねえ、ひとさまの命をねえ、と繰り返した。

「兄の遺骨を持って帰るのを、道太は厭がったのですか」

「道太とは三太の弟か」

可愛くてしょうがねえのですよ、と三太が教えてくれた弟だろう。その弟がいたから、江依太は救われたようなものだ。三太は弟を救うために命を落としたともいえる。そのことは江依太にも話してある。

「はい、三太が家を出たあと、一年もしないうちに三太を追いかけて江戸へ」

百合郎は、父親が三太を許せない理由《わけ》がわかったような気がした。

「いや、三太は道太と会っていないはずだ。弟はここで元気にしている、と三太は思っていたようだからな」

「では道太はどこに……」

老母の驚いた顔から、一気に泪があふれだした。

老母が泣きやむのを待って遺骨をわたし、三太の実家を辞した。

西の空に真っ赤な夕日が落ちはじめていた。その夕日にむかって歩きながら、百合郎がいった。

「道太という名に心あたりがある」

老母にそのことを話さなかったのは、はっきりしたことがわからないからだ。名はおなじでも別人かもしれない。

「え……」

「香具師《やし》の元締め、砂ケ瀬の六郎兵衛の配下にそのような名の若者がいたのだ」

次の日、江戸に戻った百合郎は、吉治郎と江依太を引き連れ、六郎兵衛の住まいにいってみた。だが住まいの出入り口は斜め十文字に組まれた竹で塞《ふさ》いであった。六郎兵衛は家屋敷も没収されたようだ。

『しのや』にいって尋ねると、六郎兵衛が捕縛されたあと、配下の者たちはみな逃げだして、どこにいったのかわからない、という。

「三太のためにも、あの年老いたおっ母さんのためにも、道太をどうにかしてやりたかったのだがなあ……」

「これから先、旦那の手を煩《わずら》わせるようなことをしなければいいのですがねえ」

江依太がしみじみといった。

江戸には秋風が吹きはじめていた。

砂ケ瀬の六郎兵衛は打ち首獄門《ごくもん》。

由須原の達三郎は遠島。

権多郎の帳面に書かれていた者たち十二名も、悪事の裏がとられ、遠島や、身代限り、江戸処払いなどの刑がくだされた。

コスミック・時代文庫

鬼同心《おにどうしん》と不滅《ふめつ》の剣《けん》
鬼瓦死す

2021年6月25日　初版発行

【著 者】
藤堂房良《とうどうふさよし》

【発行者】
杉原葉子

【発 行】
株式会社コスミック出版
〒154-0002 東京都世田谷区下馬 6-15-4
代表　TEL.03(5432)7081
営業　TEL.03(5432)7084
　　　FAX.03(5432)7088
編集　TEL.03(5432)7086
　　　FAX.03(5432)7090

【ホームページ】
http://www.cosmicpub.com/

【振替口座】
00110-8-611382

【印刷／製本】
中央精版印刷株式会社

乱丁・落丁本は、小社へ直接お送り下さい。郵送料小社負担にて
お取り替え致します。定価はカバーに表示してあります。

ISBN978-4-7747-6296-8 C0193